講談社文庫

明日の朝、観覧車で

片川優子

講談社

明日の朝、観覧車で

1

なんでこんなことしてるんだろう、私。

歩きはじめてからまだ一時間も経っていないというのに、私はもうそんなことを考えはじめていた。

「なあ、百キロ歩いてみないか」

「はあ？」

けんちゃんが突然そう言ったのは、いつだっただろうか。ママはまだ働きに出ており、私は制服を着ていたから、ああそうだ、一学期の終業式の日のことだった。

その日学校から帰ると家にけんちゃんがいて、帰ってきた私を見るなりそう言ったのだ。

なにをまた突然言いだしたのだろう、と思ったけれど、考えてみればけんちゃんはいつだって突然で、きまぐれだ。だからそんなに不思議はなかったのかもしれない。

けんちゃんはママの弟だ。もうずっとふらふら自由に生きているから、ママはよくけんちゃんの愚痴《ぐち》をこぼしていたけど、私はけんちゃんのことが好きだった。いつだって適当なことばっかり言うから、いまいち信用はできないけど、背が高くて浅黒くて、いくつになっても髪を染め続けてジーパンをはいている、かっこよくて優しいけんちゃん。

小さいころは本気でけんちゃんと結婚する気でいたし、私がそう言うたびに、けんちゃんも、みちるが大人になるまで待ってるよ、と言ってくれた。いつでも適当なけんちゃんだから、絶対忘れてると思うけど、けんちゃんは宣言どおり、今年もう四十になるはずなのにいまだに結婚していない。

私が百キロなんて一体なに言ってるんだという顔をすると、けんちゃんは私が物心ついたときから変わらない笑顔《えがお》でにっと笑った。

「三河湾《みかわわん》を百キロ夜通し歩くんだよ。いいだろ？」

「なにがいいの、それ」

私はまったく理解できなくてもう一度聞いた。けんちゃんはすごく楽しそうに笑っている。

三河湾って言ったら、家から近いと言えば近いけど、それでも何本か電車を乗り換えなければ着かない。なんでわざわざそんなところまで行って、しかも百キロを歩くなどと言うのだろう。けんちゃんの言いだすことが唐突なのはいつものことだけど、それにしても百キロって。

家の中は、一足早く家に着いたけんちゃんが勝手にがんがんクーラーを効かせていたせいで、涼しかった。少し経ったら汗が冷えて寒くなりそうなくらい。

「ほら、これ見てみろって」

「『三河湾チャリティー１００km歩け歩け大会』？」

けんちゃんが持っていたチラシには、「感動感激感謝」の文字が躍っていた。

「なにこれ？　けんちゃんついに変な宗教に走ったの？」

「失礼な！　俺《おれ》にしてはめずらしいくらい、ちゃんとしたもんだって、これは」

けんちゃん、自分でもちゃんとしてない自覚あるんだ、などと失礼なことを思いながら、チラシを眺める。

けんちゃんの言うとおり、ただひたすら三河湾沿いを歩くようだった。制限時間は三十時間。大会と名前が付いてはいるけれど、実際に百キロ歩いたタイムを競うわけではないらしい。

あくまでも、ただ歩く。

百キロもの距離を歩く中で、周りの景色を見て、人とふれあい自己と向き合い、「感動感激感謝」の気持ちを大会参加者それぞれが感じてほしい。そんなようなことが大会要項に書かれていた。

「俺は今回百キロ歩いて生まれ変わろうと思う！　なあ、みちるも一緒に歩こう！」

「そんな大げさな……」

ただ歩くだけで生まれ変わるわけなんてないし、感動も感激も感謝もへったくれもないじゃない。けんちゃんとの温度差を感じながら、チラシを読む。

だいたい、一キロだってどれくらいかよくわかっていないのに、百キロなんて想像もつかない。途中どこで寝るのかな。百キロって、三十時間で歩ききれるのかな。というかそもそも、百キロなんて絶対ムリ。家から駅までの五分の道のりだって、炎天下では心がすぐに折れるのに。

「な？　出よう！　俺がみちるの保護者役で歩いてやるから」

「な？　じゃないよ。ていうかけんちゃんが歩きたいだけでしょ？　ほかの人誘ってよ。私ムリだから」

「あきらめたらそこで試合終了だぞ」

「もう、なにそれ。そもそも試合じゃないし。最初から棄権《きけん》しまーす」

私はひらひらと手を振って、けんちゃんをひとりリビングに残し、自分の部屋へ着替えに行った。けんちゃん、突然どうしたんだろう。また仕事で失敗でもしたのかな。百キロとか生まれ変わるとか言いだすなんて、絶対ヘン。

着替えてまたリビングに戻ると、ママが帰ってきており、すでに違う話が始まっていた。もちろんクーラーの設定温度は上げられており、一度停止したクーラーはしばらく動き出しそうになかった。それ以来、けんちゃんがその話をすることはなく、私を誘うのはあきらめたのだと思っていた。

だから夏休みが明け、九月も終わるころになって、突然大会の案内が届いたときは、一瞬なんのことだかわからなかった。めずらしい、自分あての封筒。「感動感激感謝」の文字を見て、やっと思い出した。

今年の夏休みは、夏前の出来事を思い出す暇もないくらい、あわただしかったのだ。忘れていたのも仕方がない。

「出てみりゃいいじゃん」

その案内を眺めながら、智《さとし》が完全に他人事《ひとごと》のように軽い口調で言ったので、私はむかついて智の頭をはたいた。智は三つ年下の弟で、今年中学に入ったばかりだった。口だけは達者で、お調子者で、よく人の逆鱗に触れることを平気で言う智。かわいげのない弟。

「今、そんな場合じゃないでしょ？　わかってるの？」

私は智の能天気さにイライラしながら言った。そんな場合じゃない。そう、今はこんなことしてる場合じゃないんだ。

「でもう、姉ちゃんの分も申し込んじゃってあるみたいだし」

智は封筒から一枚の紙を取り出して、私に見せた。智からあわてて紙を奪う。そこには智の言うとおり、『参加申し込みありがとうございます』と書かれていた。これは大会の案内じゃなくて、参加者へのお知らせだったんだ。

「マジ、信じらんない」

けんちゃんだ、とすぐに思った。けんちゃんが勝手に申し込んだんだ。参加費十八歳未満一万二千円の文字に、こんな大金けんちゃんが出すなんて、と思う。けんちゃんはいろんな仕事を転々としてるから、年によってはお年玉すらくれないし、私や智の誕生日が近くなるとわざと来なくなることだってあるのに。というかなにより、私に聞かずに勝手にエントリーするなんて、信じられない。まったく、けんちゃんめ。

私がその紙を握りしめて愕然《がくぜん》としていると、智が唇《くちびる》を尖《とが》らせてわざとうらやましがるふりをした。

「いーなー俺も歩きてーなー」

「絶対思ってないでしょ！」

「えーそんなことないよ」

いや、絶対思ってる。書類を眺める智を見ながら、そう思う。他人事だと思って、茶化しちゃってさ。

「いいや。辞退する。キャンセルしたら、ちょっとはお金返ってくるでしょ」

「えー出ないのー？　けんちゃんせっかくエントリーまでしてくれたのに」

「だから出てる場合じゃないって言ってるでしょ！　もうこの話は終わり！　さっさとお風呂入ってきてよ」

「はいはい。最近怒りっぽくてほんと母さんに似てきたよな」

「うるさい」

智はぶつぶつ言いながらリビングから出ていった。私は夕飯を作るため、エプロンをして台所へ向かった。

だって、ママは帰ってこないから。

2

「なのになんで出ることになっちゃったのかなあ……」

ぶつぶつつぶやきながら、私はひとりで歩き続けている。スタートして三十分ほど経ったけれど、歩道は参加者による大渋滞が起きていた。みんなぞろぞろと、行列を作って歩き続ける。胸にはおそろいのゼッケン。大きなリュックを背負っている人もいれば、ほぼ手ぶらに近い軽装の人もいた。

どちらにしろ住宅街には似合わない、かなり異様な光景であることには間違いない。はたで見ている人は、なにがあったかと思うだろう。でも今は、私もその行列の中の一人なんだ、と思うと不思議な感じがする。

「けんちゃんのばか」

仲間と連れ立って楽しそうに歩く人たちを眺めながら、そうつぶやかずにはいられなかった。

だって、人の分のエントリーまで勝手にしておいて、自分は不参加って、いったいどういうこと？

昨日の夜になってかかってきた電話。けんちゃんの、申し訳ないと思っているのが全然伝わってこない口調を思い出す。

『いやあ、急にそっちに帰れなくなっちゃってさ。悪いけどみちるちゃんひとりで出てよ！　俺の分までがんばって、ぜひとも完歩してくれよな！』

まったく、けんちゃん適当なんだから。一万五千円を棒に振るような急用って、いったいなによ。けんちゃんに文句を言ったって、なにが変わるわけでもないけれど、文句の一つも言いたくなる。

大体今朝のスタートの受付でだって、係のお兄さんに「十八歳未満は保護者同伴でないと歩けないんですよ」と困った顔で言われてしまった。でも同じように困った顔で、でも準備万端で早起きしてきた私をかわいそうに思ったお兄さんが、上の人にかけ合って特別に参加を許可してくれたのだ。

全部けんちゃんのせいだ。だいたい、あのときだってそうだった。あの、夏の日。

その日はやけに暑くて、外ではセミがうるさいくらいに鳴いていた。私はそれとは対照的なほの暗い病院の廊下で、それでも一日中じっとりと汗をかき続けていたけれど、たぶん暑さのせいじゃない。

智はショックのあまりずっと泣き続けるし、けんちゃんとは連絡が取れないし、私はどうしていいかわからなくて、駆けつけてくれたおばあちゃんの手をずっと握りしめていた。

あの日以来、ママは一度も家に帰ってきていない。

いったいけんちゃんはなにを考えているのだろうと、歩きながら思う。大事なときには行方《ゆくえ》をくらませるけんちゃん。ころころ仕事を変えるから、今いったいどんな仕事をしているのかわからない。

けんちゃんのことは好きだけど、いいかげんもっとしっかりしてほしい。もういい年なんだし。それに今は、非常事態なんだし。

いつの間にか住宅街を抜け、あたり一面に畑が広がっていた。見たことのない景色ばかりが続いている。

家から名古屋《なごや》までは電車で約四十分。遠いと言えば遠いけど、ほかにめぼしいところもないから、結局友達と遊びに行くのは名古屋。旅行となると大阪《おおさか》や京都《きょうと》に出てしまうことが多かったから、わざわざここらへんまで来ることは、考えてみればめったにない。

　私はあくびを噛《か》み殺しながら、あたりを見回した。よく見ると、列は少しずつばらけはじめていた。少なくとも、スタート直後の団子状態ではなくなっている。参加者は約千五百人、らしい。一時間ほど前に行われた開会式で正確な人数を言っていたけれど、覚えちゃいない。私のゼッケン番号は六百番台で、大会前に届いた書類でそれを知ったときは、そんなに参加者がいるのかと驚いたけれど、まさかその倍以上いるなんて。

　いったいこの中で何人が百キロを歩ききるのだろう。まあ私は真っ先に脱落だろうな、と思いながら、前の人について歩く。だってもうすでに眠い。

　スタート時間に間に合うためには、朝の五時台に起きる必要があった。前の日から近くのホテルに泊まるお金なんてなかったし、始発に乗れば間に合う距離だった。

　千五百人も参加者がいるため、スタート時間は先着順で、八時、八時半、九時に振り分けられる。かなり早く着いたおかげで、八時スタートの組に入れて早めに出発できたのはいいが、明日の午後二時までに百キロ歩ききらなければ自動的にリタイヤとなる。単純計算で、一時間三キロ以上のスピードで歩かないといけないのだ。そもそも今のペースがいったい時速何キロなのかもわからなかった。

時速五キロで二十時間だ、姉ちゃん仮眠ができるよ、といった智の頭を本気ではたいたのが、つい昨日のことなのに、はるか昔のように感じられる。

百キロという道のりはあまりに現実離れしすぎて、歩きはじめた今でも想像がつかない。周りの人の格好を見ると気おされてしまう。

みんな競技用のスパッツだったり、かっこいい靴《くつ》だったり、なぜかスキーで使うようなストックだったりを用意して、準備万端といった感じだった。私は高校のジャージに体育シューズ、小学校のときキャンプ用に買ったリュックサックで来ている。高校生なのにひとりで歩いているし、私、もしかしなくてもけっこう浮いてるんじゃないだろうか。

出るからにはなるべくたくさん歩きたいとは思う。走るよりも歩くほうがどちらかと言うと向いているような気はするし。智にも宣言しちゃったし、ギリギリで逃げ出したけんちゃんに少しは自慢できる結果を残したい。それにたぶん……私ががんばったら、ママも喜んでくれるはず。

私が参加を決めたのは、半分は智への意地だった。私はすっかりエントリーの取り消しをし忘れていたのだが、夏休みが明けて一ヵ月ほど経ったある日、智がそういえばあれどうだったの、と言いだした。

「あれあれ。百キロ」

「ああ、忘れてた！　エントリー取り消さなきゃ。まだ間に合うかな」

「姉ちゃんやっぱりやめんの？」

もうすっかり慣れっこになってしまった智と二人きりの食卓で、智はしきりにそれを気にしていた。

「やめるって言ったじゃん」

「そうだよね。姉ちゃんが百キロなんて、無理だもんね」

「なによそれ」

智の人を小馬鹿《こばか》にしたような言い方に、カチンとくる。

「だって小学校のときだって、山登りの前の日になるといっつも熱出して寝込んで、一回も行ったことないじゃん。中学でもすぐおなか痛くなってしょっちゅう休んでたし。マラソンだって思いっきり手抜いて、結局校内でいちばんビリでしょ」

「智だってテストの前いつも頭痛いだのなんだのごねてるじゃない！　それに、こっちに越してきてからはそんなことないもん」

「はいはい。まだ二年も経ってませんけどね」

智はなおも減らず口をたたき続ける。そりゃ、智の言うことも間違っちゃいない。だからこそ、腹が立つんだけど。

昔から、イベントに弱いタイプだった。別にそのイベントが好きなことでも嫌いなことでも、イベントというだけで緊張してしまうらしく、絶対におなかが痛くなってしまう。それに、スポーツ全般が苦手で、確かに中学のマラソンではビリだった。

でも手を抜いたつもりはない。ただ、本気だったかと聞かれると、あんまり自信はないけど。本気で走ったのにビリでした、なんて、なおさらかっこ悪いし。

「だから今回もエントリーの取り消しするんでしょ？　せっかくけんちゃんがお金まで払っておいてくれたのに」

「だって……だから、今そんなのに出てる場合じゃないじゃない！」

「そうやって、いろんな理由つけて、今度も逃げるの？」

智はなにも言い返せなかった私をそれ以上ばかにするでもなく、かといって自分が言った辛辣《しんらつ》な一言のフォローをするでもなく、ただご飯をぱくついた。

あんたになにがわかるの。そう智を怒鳴りつけたい衝動が、のど元までせり上がってきた。

だって仕方ないじゃない。今この状況でそんなのに出てられるわけないじゃない。あんたに私の気持ちがわかるわけない。ママが帰ってこなくなったこの二人きりの家で、能天気に今までどおりの生活を続けられているあんたには。

「どうしたの？　おかわりちょうだい」

思わず立ち上がった私を見上げ、智は平然とそう言ってお茶碗を差し出した。私は一気に力が抜け、無言でお茶碗を受け取る。いやがらせのため、「まんが日本昔ばなし」ばりにご飯をよそい、智の前に置いた。

「わかったわよ」

智は別に、深い意味を持って言ったわけではないのだと思う。去年、というか今年の三月まで小学生だった弟だ。いちいち真に受けることはない。でも、そう思われているということがいやだった。半ばやけになって私は言った。

「出るわよ！　出ればいいんでしょ！　百キロ歩ききってみせるから！」

「へーがんばって」

私の熱い宣言を、焚《た》きつけたはずの本人はさらっと流した。山盛りのご飯を、ノーリアクションで食べはじめる。最近急に背も伸びだしたし、嫌味のつもりが嫌味にならなかったようだ。

ばかばかしくなって席に着いたとき、ふと、かつてのママだったら、やりなさいと言うだろうなと考えた。なんでもチャレンジしてみなさい。やるからにはちゃんとやりなさい。それがママの口癖だった。現にママは、いつだってそれを実践してきた。あの、夏の日までは。

やるからにはちゃんとやろう。限界まで歩こう。あのころのママは、もういないけど。だからこそ、私がしっかりしなくちゃいけないし。

私はぺろっと山盛りご飯を食べきった智の前で、こっそりとそう決意したのだった。

決意から約二週間、歩きはじめてから四時間。もうすでに決意が揺らぎはじめていた。かなり歩いた気がするのに時計はまだ十二時で、万が一順調にいった場合、明日のこの時間もまだこうして歩いているのかと思うとくらくらする。

三十時間分の四時間。もう三十キロの半分くらいは来たのかな。来てたらいいな。最初のチェックポイントは、三十キロ地点にある。コースの途中に計八ヵ所のチェックポイントがあり、各ポイントごとにゼッケン番号を確認されるらしい。通過できる時間はそれぞれの場所で限られており、早く着きすぎてもチェックポイントが開くまでスタートできないし、時間に間に合わないと即リタイヤとなる。

三十キロ地点の第一チェックポイント後は、ほぼ十キロ間隔にチェックポイントがある。まず三十キロにたどり着けるかどうかすらあやしいのに、その先を考えるなんて気が遠くなってくるけど。だって、時速四キロで歩いたって七時間半はかかる。途中で休憩をとったら、到着は午後四時を過ぎるかもしれない。

「ありえないってマジで……」

人生でそんなに歩き続けたことがあったかどうか、考えるまでもなかった。災害時でも百キロなんて歩くだろうか。

そのとき、メールが来たことに気づき、ポケットから携帯を取り出した。携帯を入れているせいでジャージのズボンがどんどんずり落ちていたけれど、リュックに入れっぱなしにすると確実に鳴っても気づかない。この孤独な道のりの中、通信まで絶ってしまうのは絶対にいやだった。怖すぎる。

『まだ歩いてんのー？』

智からだった。つい最近持ちはじめたスマホを、智は私より使いこなしている。あいつ絶対今起きたな、と思いながら苦笑する。起こす人がいないわりには、十二時に目が覚めるなんて上出来だ。あいつなら平気で夕方まで寝続けるだろうと思っていた。

『歩いてるよ。まだ全然進んでないけど』

証拠写真にと、そこらの看板を写メしてやる。始まって四時間でリタイヤしていたらさすがにシャレにならないし、智にバカにされても文句は言えない。

『へーがんばってんじゃん』

智は出てもいないくせに、なぜか上から目線でそう返事をしてきた。

『まーね』

怒る気もしなかったので、そう返す。最近特に生意気になってきている気がするけど、ただ強がっているだけなのかもしれないとも思う。

どちらにしても、私はこれから智と協力して、二人で生きていかなきゃいけないんだ。そのためにも、智にすごいと思わせたい。完歩はできなくても、自分が納得のいく形で、あの家に帰りたい。

そして、病院に行って、ママに報告がしたい。

その電話は突然かかってきた。夏休み、家でアイスを食べながらテレビを見ていたときだ。あの日智は友達と遊びに行っていたので、私は家にひとりだった。

『塚本《つかもと》あいりさんのご家族の方ですか？』

「そうですけど」

電話口でいきなりママのフルネームを出され、とまどう。でも次の一言で、一気にとまどいが疑いに変わった。

『お父様はいらっしゃいますか？』

「いませんけど」

私は警戒心丸出しの、とげのある声で答えた。キャッチセールスの電話だと思ったからだ。

我が家には、もう何年も前から父親はいない。離婚してしまった。理由はよくわからない。でもママは離婚する前からバリバリ働いていたから、生活にも困らなかったし、それ以前も父親といっしょに過ごした記憶はそう多くなかったから、別に問題はなかった。

ママはその後も変わらずに仕事を続け、そして去年の春、念願だった愛知《あいち》県に異動が決まり、ここへ引っ越してきた。愛知県にはママの実家がある。

だから、この家に、そのことを知らずに電話をかけてくるなんて、絶対身近な人じゃない。

『では、ほかに大人の方は？』

「いません」

私はなんだかだんだんイライラしてきて、もうこのまま切ってしまおうかと考えはじめていた。いくら相手が子供だからって、名前くらい名乗れ、名前くらい。

電話を切らなかったのは、相手が女の人で、口調は冷静だったけれど少し焦《あせ》っているようだったからだ。

『わかりました。ではあなたは塚本あいりさんの娘さんですか？』

「そうですけど……」

いいかげん不審感が募ってきたところで、電話の主はやっと素性《すじょう》を明かした。

警察のものですが、実は先ほどあいりさんが救急車で搬送《はんそう》されまして。

一瞬意味がわからなくて、わかった瞬間に目の前が暗くなった。

救急車？　ママが？

私は電話を切ったあと、しばらく途方に暮れていた。本当ならだれか「大人」に電話して知らせたり、病院へ急いで向かったりしなきゃいけないんだろうけど、私ひとりの力じゃその場から動きだせそうになかった。

そのとき、ちょうどおばあちゃんから電話がかかってこなかったら、私はずっとその場にひとりきりだっただろう。

私はたどたどしく、おばあちゃんに事情を説明した。おばあちゃんは冷静だった。病院にはおばあちゃんがすぐにタクシーで向かってくれることになり、私はとりあえず連絡のつかない智を待つため、自宅待機をすることになった。携帯は高校生になってから、というママが決めたルールに従い、智はまだそのころ携帯を持っていなかったのだ。このときばかりはそのルールを恨んだ。

病院に着いたら連絡するから家で待っていてね、というおばあちゃんの言葉を守り、私は家でひとりで待った。じっとしていると落ち着かなくて、私は檻の中に閉じ込められた動物園の動物たちのように、部屋じゅうをうろうろと歩き回った。

おばあちゃんからの連絡を待った一時間は、果てしなく長く感じられた。待ちはじめてから三十分経ったところで初めて、けんちゃんに電話しようと思いたった。そして実際電話してみたけど、けんちゃんは出なかった。

結局、けんちゃんに連絡が取れたのは、それから三日後のことだった。

あの日のことを思い出すといまだに吐きそうになるのに、今でもなぜか警察の人の声音《こわね》まではっきりと思い出せる。

ママは仕事で出先に向かう途中に交通事故にあって、病院に運ばれたのだ。運ばれてすぐに緊急手術されて、重傷だったけれど命は助かった。

ただ、後遺症は残った。歩けなくなったのだ。お医者さんの話だと、リハビリをすれば激しい運動はできないまでも、元のように歩けるようにはなるらしい。それなのに、ママはリハビリを拒否した。

というより、すべてのことにうしろ向きになってしまった。今までのママでは考えられないくらい。さんざん検査したけれど、結局原因はわからなかった。

おそらくホルモンがどうの、とお医者さんは説明してくれたけれど、ちっとも理解できなかった。

分かったのは、どうやったら元のママに戻るのか、はっきりした方法が分からないということだけ。

病院のベッドに横たわるママの暗い顔を見るたびに、私は背筋がぞっとする。ママは決して、あんな表情をする人じゃなかった。

子供には弱いところなんて見せなかったし、いつだって私や智に、なんでも全力でチャレンジしろと言っていた。それを実行し、一線でバリバリ働き続けるママは、眩《まぶ》しかった。

……眩しすぎて、遠かった。

仕事が忙しくて学校行事に来てくれたことなんてめったにないし、夕飯に間に合う時間に帰ってくることもほとんどなくて、平日はだいたい智と二人きりの食事だった。

そんなふうにママががんばっているのは私たちのためだとわかっていたから、感謝はしていた。けれど、私はママのようにがんばれないことはわかっていたから、ママの言葉がわずらわしく感じることもあった。

でも今のママは、あのころのママよりも、もっともっと嫌い。やる前からリハビリを放棄《ほうき》するなんて、全部どうでも良さそうな顔で、あんな暗い目をして病室で寝てばかりいるなんて、あんなのママじゃない。早く昔のママに戻ってほしい。戻って、全力でチャレンジしなさいと、あのいつだってなぜか自信たっぷりの表情で言ってほしい。

ママのことを思い出したら、鼻の奥がつんとしてきて焦った。

もしかしたらママは、私がたとえ完歩しても、表情ひとつ変えないかもしれない。あの顔のまま、そうなの、と言って話が終わり、なにひとつ変わらないまま、ママはまた病院のベッドの上で過ごすだけなのかもしれない。

そう考えると、苦しくてたまらなくなる。あのころのママは戻らない。私たちの生活は、もう元には戻らない。そんな夢、なんども見た。あの夏の日以来、繰り返し、なんどもなんども。私ががんばらなきゃいけない、そう思うたびに、その想像で身動きが取れなくなる。

でも、もしかしたら、なにか変わるかも。そう思わなければ心が折れてしまいそうで、私は勝手について歩くことに決めた前の人のリュックを見つめながら、ひたすら足を動かした。

私が百キロ歩いたら、ママが元のママに戻るかもしれない。そんなのだれにもわからない。そんなに簡単なもんじゃないとも思う。お医者さんだって笑うかもしれない。でも歩くと決めたから、せめてそう信じたい。

私が歩くことで、ただひたすら夜通し歩くことで、なにか少しでも変わるなら。

「おひとりですか？」

そのとき、突然声をかけられた。この歩いている人の列の中で、知り合いなんて一人もいないはずだったから、私はびっくりしてその人を見た。そこには見たことのないおじいさんがいて、私は小さく頷《うなず》いた。

「高校生ですか？」

「……一年生」

なぜこの人は私に話しかけているのだろう。真意が読めず、どういう態度をとればいいのかわからなかった。おじいさんはにこにこしながら隣を歩いている。

「そうですか。私、宗方《むなかた》と言います。いやね、私も同じくらいの孫がいて、つい……」

「そうだったんですか」

宗方さんは丁寧な口調で言った。格好は本格的で、足取りもしっかりしている。もしかしたら、もうなんどもこの大会に参加しているのかもしれない。

「この大会は、初めて？」

黙って頷く。

「なのにひとりじゃ、大変でしょう」

私はまた、頷いた。

歩きはじめてから、もう六時間近く。途中なんどかコンビニや公民館でトイレ休憩をとったけれど、あんまり休むと歩きだせなくなりそうで怖くて、ろくに休めなかった。こんなに歩き続けたのは初めてだった。三十時間歩き続けることを考えたら、六時間なんてまだまだ最初なのに、すでによくがんばったなと自分でも思う。

もう足の裏は痛みはじめているし、手も、指の一本一本がなぜかパンパンにむくんでいる。今はまだ周りに人がいるからいいけど、夜になって列もばらけたら、いったいどうなってしまうのだろう。

こんな状態で、ひとりで歩けるのかな。歩きはじめてからも、結局百キロという途方もない距離の感覚はつかめないままだった。

「ご飯、食べました？」

宗方さんに聞かれ、今度は、首を横に。少しとまどいはしたけれど、私は宗方さんのペースに合わせて歩きはじめていた。宗方さんのペースは遅くもなく、かといって速すぎて負担になるほどでもなく、歩きやすかった。

「それはいけませんね。おなかがすくと、自然と考えが暗いほう、暗いほうに向かってしまいます。あまりおなかがすいていないと感じていても、食べなきゃだめですよ」

そう言いながら、宗方さんはリュックを探り、チョコレートを一つくれた。知らない人から食べ物をもらっても食べちゃダメ、とママはよく言っていたけれど、今回はさすがにママも許してくれるだろう。素直にチョコを受け取って食べることにした。

口の中に、チョコの甘みが広がっていく。ありふれたいつも食べているチョコのはずなのに、今まで食べたことのあるどのチョコよりもおいしかった。

「チョコを食べると元気が出るでしょう?」

また、頷く。口の中ばかりでなく、体じゅうにエネルギーがじわじわと伝わっていくようだった。こんなにチョコって元気が出るもんだったっけ、と不思議になるくらい。

「チョコとアメは、常に持っていたほうがいいですよ。この先には、何キロもコンビニがない場所もありますから。そういうとき、持っていると助かるものですよ」

「……ありがとうございます」

宗方さんは、にこっと笑った。

「しばらく、いっしょに歩いてもいいですか?　おじゃまならいつでも退散するので」

「助かります。どう歩けばいいのか、よくわからないから」

チョコを食べて元気になったのか、宗方さんの笑顔を見て安心したのかはわからないけれど、自然と言葉が出てきた。宗方さんは今までなんども歩いているようだし、もう少し話を聞きたい。このままひとりで歩いていたら、気がついたらタイムアップで強制リタイヤ、なんてこともあるかもしれないから。

それになにより、話していると気が紛れた。ひとりで歩いていると、足の痛みやら疲れやらを感じてしまう。まだ最初のチェックポイントにすらたどり着いていないのに、こんなんで大丈夫だろうかと、不安になってきてしまうのだ。

宗方さんは、これが四回目の大会だと話した。今まで一度も完歩したことはないという。

「一回目は、最初の観覧車、二回目は、二度めの観覧車手前でタイムアップ。三回目はずっと雨で真夜中にリタイアです。去年は、最後の最後で時間切れになってしまって。それでも最後まで歩かせてもらいました」

へえ、そんなにいっぱい観覧車あるんだ、と思いながら、宗方さんの話に頷く。

「毎回出るたびに、もう二度と歩くもんかって思うんですが、不思議ですねえ。この時期が近づくと、また歩きたくなるんですよ。それで、気がついたら今年で四回になっていました」

「なぜ歩くんですか？」

私も歩く人の中の一人であるはずなのに、そう聞いた。

「さあ、なぜでしょうねえ……健康のため、まだ生かされているということを実感するため、いろいろですが……私くらいの年齢になると、元気にこの大会に出られるというだけで、一年間健康で生きてこられたという証《あかし》になりますから。この大会に参加できるだけで幸せですよ」

「そうなんですか」

完歩できなくても？　とは聞かなかった。それでも、宗方さんは私の気持ちを見透かしたように笑った。

「私はね、完歩が目的ではないんです。歩くこと自体が、元気に歩けること自体が感謝です。そりゃあもちろん、できることなら完歩してみたいですが」

「そっか……」

そういえば大会要項にも、そんなようなことが書いてあった。完歩が目的ではなく、歩いている途中に感謝の気持ちを感じてほしい、と。

参加前にそれを読んだときは、いまいちぴんとこなかったし、歩きはじめた今でもわかったとは言いがたい。

「みちるちゃんは、なぜ参加したんですか?」

「なぜって……」

あらためて聞かれると、言葉に詰まる。なぜ参加したのだろう。けんちゃんが無理やり申し込んでしまったから? でも断るチャンスはあった。それでも断らず、こうしてひとりで歩いているのは、なぜ?

ママのため? ママに元に戻ってほしいから? でも歩いて元に戻る保証なんてないし、ママのためと言いきってしまうのもなんだか違う気がする。考えてみれば、智への意地でもある気がするし、自分でもはっきりした理由なんてよくわからない。

「よくわかんないです。いろいろあるような気はするけど、どれが一番かなんてわからないし……」

「そうですか」

私のあいまいな答えにも、宗方さんは優しくほほ笑んでくれた。

それからぽつぽつと、途切れがちではあったものの、私と宗方さんは会話を続けた。途中、コンビニに立ち寄ったときは、コンビニの外で、二人で並んでおにぎりを食べた。同時に、チョコとアメと水を買う。スタートしてすぐに買ったペットボトルの天然水は、すでに飲みきってしまっていた。空には薄く雲がかかっており、暑すぎることもなく、歩くにはちょうどいいくらいの気温だったけれど、さすがに長時間歩き続けているとのどが渇く。

「そういえば、これ」

宗方さんはおにぎりを食べ終わると、ごそごそとコンビニの袋からなにかを取り出し、私にくれた。

「雨がっぱ？　雨なんて降ってないのに？」

「いやいや、これだけは絶対持っていたほうがいいですよ」

宗方さんはいたずらっ子のように笑い、半ば強引にかっぱをくれた。

「絶対に降りますよ」

「そうかなあ……」

「いや、降ります」

妙に自信たっぷりの宗方さんに押され、かっぱを受け取ってしまう。確かに決して天気がいいとは言えなかったけれど、絶対に雨が降ると断言するなんて。

かっぱをリュックにしまったところで宗方さんが歩きだしたので、私もついて歩く。

「まさか」

「過去に、雨が降らなかったことは一度もありませんから」

「おととしは大あらしでした。風も強くて、雨も降って。あのときは大変でしたよ」

「でも天気予報では、なんとかもちこたえそうだって」

「いいえ、絶対に降ります」

宗方さんは自信満々にそう言いきった。天気予報を見て、雨具はいらないと思い、用意していた折り畳み傘もわざわざ出掛けに荷物から抜いてきたのに。ここでかっぱをもらうことになるなんて思わなかった。

「でも絶対雨が降るって、なんだかいやですね。百キロ歩くなんて、ただでさえ大変なのに」

「そうとばかりも言えませんよ。この大会中に降る雨を、みんながなんと呼んでいるか知っていますか？」

「いいえ」

知らないけれど、きっとひどい呼び名だろう。だって百キロの最中に必ず降る雨なんて、迷惑以外のなにものでもない。雨が降らなければ、宗方さんだってもしかしたら完歩できたかもしれないのに。

そんな私を見て、宗方さんはにこっと笑った。私の顔からはもうずいぶん前から笑みが消え、疲れきってひどい顔をしているだろうと思うけど、かといってどうすることもできない。けれど、私の何倍か年上の宗方さんは、相変わらず穏やかな顔をして言った。

「だれが呼びだしたかは私も知りませんが……『恵みの雨』と、そう呼ぶんです」

「『恵みの雨』？」

私が驚いて声を上げると、宗方さんはさらに笑みを深めた。恵みの雨。よりによって、恵み？　そりゃあ、雨が降ったら嬉しいときもあるけど、ただ歩くのにはじゃまにしか思えない。

「どうして？」

なにが恵みなのか、まったくわからなかった。そんな私を、宗方さんは楽しそうに見ている。

「理由は……」

宗方さんは、そこまで言って、ふと前に目線を移した。私もつられて顔を上げる。

そこには、泣きたくなるくらいの坂道があった。少なくとも自転車では絶対に上りたくないし、ふだんでも歩いて上るのはおっくうなくらいの、急な坂。そこを参加者たちが、一列となり、進んでいく。

まるでアリの行列みたいだった。私もこのまま行けば、働きアリの仲間入りをすることになる。

見ただけで、くらくらした。私のこのへろへろの体で、この峠《とうげ》を越えられるか不安だった。

「ここを越えたら最初のチェックポイントがあるはずです。では理由は、ここを越えてからにしましょうか」

「はい……」

宗方さんの元気な笑顔が恨めしく思えてくるほど、坂道は果てしなく長く思えた。

太もももふくらはぎもパンパンだし、足の裏のずきずきとした痛みはさっきより強くなっている。今すぐ靴を脱いで靴下もほっぽり投げ、ベッドに倒れ込んで丸一日眠りたいくらい疲れていた。

それでも先を行く宗方さんのリュックだけを見つめながら、一歩ずつ歩を進めた。なぜこの人はなんども歩くのだろう、そんなことをぼんやりと考えながら。

「着いた……」

なんどか上り下りを繰り返し、上りのたびに心がくじけそうになり、下りのたびに足に激痛が走りながら、なんとか峠を越え、立ち並ぶコンビニの前を、あとわずかだからと自分を奮い立たせながら素通りしていると、気がついたら最初のチェックポイントに到着していた。時刻はもう夕方。宗方さんと出会わなければ、ここにすらたどり着けずにリタイヤしていたかもしれない。

オレンジ色のウインドブレーカーを着た人が見える。坂道の働きアリたちが順に到着しているせいで、受付らしき場所はすこし混んでいた。みんなゼッケンの番号をチェックされ、写真を撮られている。やっと着いたんだ。宗方さんについてとりあえず写真を撮る列に並んでいるとき、じわじわとそう実感した。

三十キロ。まだ三分の一にも満たないけれど、歩く前は、三十キロすら歩けるか自信がなかった。最初のチェックポイントに制限時間以内に到着できただけでも嬉しい。

「途中で出会ったのもなにかの縁ですから、いっしょに写真に写ってもらえませんか」

宗方さんに言われ、状況がよくわからなかったけれど、頷いた。順番が来て、ゼッケンの番号をチェックされたあと、宗方さんと並んで写真を撮ってもらう。

「三十キロ地点と、ゴール地点で、こうして写真を撮って参加者に送らせていただいています」

大会の関係者らしいオレンジの服の人は、写真を撮りながらそう説明してくれた。この写真をあとで見返したなら、ひどい顔をしているだろう。けど、確かにこれはいい記念になりそうだ。

たとえ完歩できなかったとしても、ここで撮った写真はあとに残るんだ。そう思うと、なんだか不思議な感じがした。宗方さんは、途中で会っただけの、今までなんの関わりもなかった他人だ。年齢も性別も、育ってきた環境だって違う。その人と、ここまでいっしょに歩いてきたなんて。

「完歩が目的じゃないとは言いましたが、今年こそ、ゴールの写真ももらいたいですねえ」

宗方さんは、だれにともなくつぶやいた。

三十キロ地点のチェックポイントは、なにかの施設のようで、屋外ではあるが座って休めるスペースがあった。先に到着した人が、そこらじゅうに座って思い思いに休んでいる。私と宗方さんも、空いているところを見つけて座った。

「三十キロも歩いたんですね」

「そうですねえ。ふだんの生活じゃ、なかなか三十キロも歩きませんからね」

宗方さんは、自分で自分の足をマッサージしながらそう言って、やっぱり笑った。

私もまねをして足をもんでみる。少しだけ、痛みが和らいだような気がする。

『三十キロ歩いた！』

その途中、思いたって智にメールを送った。ピース写真を撮って送ろうかと思ったけれど、ピースは絵文字だけにしておく。ママが事故にあってから、いざというとき連絡が取れないと困ると言っておばあちゃんに買ってもらったスマホを、智は私より有効活用している。姉ちゃんフェイスブックやれよ、ツイッターやれよと毎日うるさく言ってくるけど、私は電話とメールができればそれでいい。

私がなにか食べようとリュックを開けたところで、宗方さんは立ち上がった。

「もう出発するんですか」

「そうですねえ。私は、元気なうちになるべく距離を歩いておきたいので。夜になると、だんだん足も動かなくなって、時間切れが怖くなりますから。……みちるちゃんとは、ここらへんでお別れしましょうか」

ひとりになってしまう。反射的にそう思った。ここで宗方さんとお別れしたら、この先ずっと、ひとりで歩かなきゃいけない。しかも、もう午後四時を過ぎている。あと数時間したら日が暮れてしまう。私ははたして、ひとりの夜道に耐えられるのかな。

その一方で、宗方さんのペースについていくことが苦しいと感じはじめてもいた。最初はよいペースだったけれど、最後のほうは、疲れを見せず、同じペースで歩き続ける宗方さんのスピードが、少しつらくなりはじめていた。

これ以上は無理かもしれない、と最後のコンビニを素通りする宗方さんになにも言いだせずに、ちらっと思ったのも事実だった。かといってこれよりペースを落として時間に間に合うかも不安だったけれど、このペースじゃきっと最後までもたない。

　いろいろと湧《わ》き上《あ》がってくる不安を隠し、頷いた。

「……そうですね。私は、もう少し休んでから行きます」

「わかりました。……そういえば二度目の観覧車が朝日に照らされる様《さま》は、とても美しいと聞いたことがあります。私も今までタイムアップばかりだったので、見たことがないのですが、今年こそ見たいと思っているんですよ。では、ゴールでまた会いましょう」

　宗方さんは、私に握手を求めたあと、しっかりした足取りで歩きだした。私はその背中をしばらく座ったまま眺めた。あんなに元気な人でも、一回も完歩できていないだなんて。少し近くなったとはいえ、あと七十キロも先にあるゴールが、果てしなく遠く感じられた。きれいだという朝日の中の観覧車も、想像がつかない。

　そのとき、ポケットに入れていた携帯が震えたのに気づく。見ると、智からのメールだった。

『すげーじゃん！　次は四十キロからの報告よろしく』

「簡単に言わないでよね」

きっと智は家でひとり、のんびりとゲームでもしているんだろうな。メールに向かって文句を言ったあと、地図を取り出して眺める。

四十キロ地点に、次のチェックポイントがある。ここに着くのは、いったい何時になるのかな。三十キロ歩いただけで、もう八時間も経ってるし。

「あ……」

そこで、ふと気づいた。結局宗方さんに、この大会中の雨が『恵みの雨』と呼ばれる理由を聞きそびれてしまった。坂道を上ったり下りたりするのに必死で、すっかり忘れていた。

「まあ、いつか……」

また会えたらそのときに聞こう。また会えたら？　どこで？　ゴールで？

軽く息を吐き、固まってしまった太ももをたたきながら、立ち上がった。もう足が思うように動かない。夕方になり、気温も下がってきたし、長く休んでしまったから、なおさらだ。これからもっと痛くなるんだろうな、と思ったら、ため息が出た。

……やっぱりゴールも観覧車もまだまだ見えない。

それでも、足を踏み出した。
ゴールでまた会いましょう。
その言葉が、少しだけ私を強くしていた。

3

三十キロ地点で宗方さんと別れ、ひとりで歩きはじめてから一時間以上経った。まだ周りに人はいるし、大きな道路沿いの道をひたすら歩くだけだから、そんなにさびしくはない。けれど、ゆっくりと日が沈みはじめている。うす曇《ぐも》りだったから、夕焼けなんて見えなかったけど、あたりは確実に暗くなりつつあった。

これで完全な夜になり、ひとりぼっちになってしまったらどうなるのだろう。音楽でも聞こうかと思ったけれど、奥の手は夜中に取っておいたほうがいい気がしてやめた。

次のチェックポイントまでのひとりきりの十キロが、ただ遠い。

『二人ともよく聞いて』

そのとき不意に、ママの声が聞こえた。ああ、あれは、たぶん離婚が決まったときのことだ。なんで今そんなことを思い出したのかわからないけれど、突然鮮明に、あの日の記憶がよみがえる。

ママはいつもどおりばちっとしたスーツに身を包み、朝のあわただしい時間の中、少しだけ動きを止め、もたもたと朝ごはんを食べる私と智に、言ったんだ。

『これからは、なにがあっても家族三人、助け合って生きていきましょう』

なにがなんだかわからなかったけれど、私と智は頷いた。

『だれになにを言われても、堂々と胸を張って全力で生きるのよ』

また、頷く。ママはそんな私たちを見て、満足そうに頷いて、またあわただしく家を出て行った。私と智は、朝ごはんの続きを食べた。テレビでは、能天気なお天気おねえさんが、今日は午後から雨が降るでしょう、とニコニコしながら言っていた。

なぜこの人は、雨が降るというのにこんなに嬉しそうにしゃべるのだろう、離婚についてではなく、そんなくだらないことを思ったのを、不思議とよく覚えている。

だれになにを言われても、堂々と胸を張って全力で生きるのよ。ママはことあるごとにそう言った。それがママのポリシーだったんだと思う。それか、そう子供に言い聞かせることで、もしかしたらママは自分自身を奮い立たせていたのかもしれない。

だけど、残念なことに、そんなママの期待に応えられるほど、私は優秀な子供じゃなかった。ママはどうだったか知らないけれど、いまどき離婚なんてめずらしいものじゃないし、名字が変わったからといって、いじめられたこともない。それでも私は、ママのようには生きられなかった。

そりゃあ、言葉どおりいつだって自信満々で堂々としているママは尊敬していたけれど、かといって自分がそうなれるはずもなくて、私はいつも教室の隅でいてもいなくても同じくらいの存在感で日々を過ごしていた。

成績もそこそこ、特別なにか秀でているものがあるわけでもなく、学校のマラソン大会ではあまりに遅すぎて逆に悪目立ちをする始末。でもマラソン大会は、出られただけまだましだ。昔からイベントごとに弱くて、運動会や大きなテストがあるたびに、すぐにおなかが痛くなっていた。

こっちに転校するときも、みんなが色紙を書いてくれたのだが、そこに並んでいたのは、ありきたりな別れのあいさつのオンパレードだった。

引っ越しを機に『新しい私デビュー』でもしようかと思い、ママに頼み込んでコンタクトを作ってもらったけれど、いまだに三日に一回はうまくつけられなくてメガネで登校している。

そろそろ周りは進路について考えはじめているけれど、私にはなんのプランもない。大学受験をするにしてもなににしても、たぶん本番はプレッシャーに負け、失敗するだろうから、掛けられるだけ保険を掛けておきたい。最悪でも第三志望くらいには滑り込みたい。就職するなら、やりがいのある仕事と言わないまでも、なんとかかろうじて続けていけるものがいい。私の希望はそれくらい。

ママがそんな私をどう思っているかは、知らない。知りたくもない。仕方がない子ね、この子は、そんな目で見られるたびに、私はしぼんで消えていなくなりたいと思う。期待されていないのはわかっているし、楽だとも思うけれど、あきらめられていたらと思うと、それはそれでいてもたってもいられない。

どうしようもないジレンマを抱えながらもやもやしているとき、突然ママは事故にあった。圧倒的な喪失感、心細さの陰に、勝負が決まる前に敵がいなくなってしまったかのような、妙なとまどいがあった。

親戚《しんせき》やおばあちゃんからは、長女なんだからしっかりしなさいなどという聞きなれないことを言われはじめるし、智は事の重大さをわかっているんだかいないんだか、相変わらず能天気だし、泣いてもわめいても家事は私の仕事になってしまったし、逃げ出したいのに逃げ出せない日々が続いていた。

こんなふうに、ひとりの時間もなかったな。

そう思って目を閉じると、また記憶がよみがえった。

『姉ちゃんのばか！』

今度は、だいぶ昔の記憶。まだ小さい智がそう言ってわんわん泣いたときのこと。智の手には、先がつぶれてしまったおもちゃの口紅。私は泣いている智の手からそれを無理やり奪い取ったんだった。

あれは確か智が小学校に入るか入らないかぐらいのころ。智が貸して貸してとあまりにうるさいので、仕方なく渡したおもちゃの口紅。智はそれをぐりぐりねじり、めいっぱい伸ばしたまま、ふたを閉めてしまった。台無しになってしまった口紅を見て、ついかっとなって智の頭をぶった。智がわんわん泣きだし、私がそんな智の手から口紅を奪い返したころ、ママがやってきて、私たちは二人とも怒られた。

胸が、苦しくなる。

あのときのママは、怖かった。当時は、悪いのは智なのに、なんで私まで怒られなきゃいけないんだろうと不満だった。でも今は、あのころが懐しい。

もう今は、怒ってくれるママはいない。

病院の廊下、包帯を巻かれ目を閉じてベッドに横たわるママ、病室でいつもどおり能天気にふるまう智にいらついて、あたってしまったこと。……ママは、怒ってはくれなかった。興味のなさそうな顔で私たちをちらっと見て、またすぐに窓に目を向けたママ。

信号が点滅したので、立ちどまり、もう一度ゆっくり目を閉じた。倒れてしまいそうになり、ガードレールをつかんで踏みとどまる。

考えない。今は、考えないんだ。どんどん気弱なことを考えてしまいそうで怖くて、思考を止めた。よろよろと前を向く。信号待ちをしている間にも、どんどん太ももが固まっていった。きっと、次の一歩はまたつらい。

それでも、信号が青に変わると、私は足を踏み出した。さすがに三十キロでリタイヤじゃまずいだろ。智の顔を思い浮かべ、そんなことを考えながら。

「着いたあ……」

「お疲れ様です！」

第一チェックポイントでも見たオレンジの服を着た人を見つけ、つぶやくと、そのオレンジの人に笑顔で声をかけられた。会釈してゼッケンの番号を見せる。第二チェックポイントは、ラグーナ蒲郡《がまごおり》という大きな遊園地の近くのコンビニだった。コンビニの明かりを目にし、持っていた懐中電灯のスイッチを切る。

コンビニの裏手の駐車場に座り込み、ふと顔を上げると、すぐ目の前に大きな観覧車がそびえ立っていた。夜空に光る観覧車は、きれいだった。ラグーナの建物のイルミネーションも、クリスマスかと思うくらいきらびやかで、明るい。

「これが最初の観覧車かあ……」

一回目はここでタイムアップになったという宗方さんの言葉を思い出しながら、深く息を吐く。一応まだタイムアップにはなっていない。なんとか間に合ったようだ。

「そりゃあ、これだけ大きかったら遠くからでも見えるはずだよね……」

きれいだけど、恨めしい。次のチェックポイントはラグーナの近くだとわかっていたので、夜空の向こうに観覧車の光が見えたときは、すごく嬉しかった。日も完全に暮れて、道もせまくなり、人もまばらになってきたころに見えた光に励《はげ》まされ、それを目標にひたすら歩いてきたのだが、そこから先が長かった。

周囲に視界を遮るような高い建物なんてないから、観覧車は遠くからでもよく見えたのだ。近いようで遠い観覧車を眺めながら、私はなんども泣きそうになった。

それでも、光に引き寄せられる虫のようにふらふらと進み、やっと四十キロ。時計を見ると、六時半だった。三十キロ地点から、休憩も含め、二時間半かかった計算になる。

もう一キロ何分かかったのかうまく計算できないくらい頭がぼーっとしているけれど、このままのペースを保てれば、もしかしたら完歩もできるかもしれないと思い、そんな自分に笑ってしまう。まだ半分もいっていないのに。体じゅうが悲鳴を上げて、今すぐベッドに倒れ込みたがってるのに、完歩？

座ってゆっくり休んでしまうと、もう二度と立ち上がれなくなりそうで、コンビニで肉まんと温かいお茶を買い、立ったまま簡単に夕食を済ませた。智はどうしているのだろう。ちゃんと夕食食べてるかな。ひとりのご飯、さびしくないかな。

上半身はともかく、下半身が考えられないくらいつらかった。太ももはがちがちに硬くなって、足を一歩踏み出すのもぎこちない。足の裏は着地するたびに痛む。ふくらはぎもパンパンだ。心なしか、股《また》の間などもひりひりと痛みだしてきた気がする。

最初のチェックポイントのときは気づかなかったが、チェックポイントごとにマッサージをしてもらえるらしい。テントの下にごろごろ人が並んで横たわっている。テントの横に並べられた椅子にも、マッサージ待ちの人が疲れきった顔をして座っていた。

どうやったらマッサージしてもらえるのかなあ、お金かかるのかなあ、などと考えながら、ぼんやりと観覧車を眺めていると、不意にけんちゃんに昔ラグーナに連れてきてもらったときのことを思い出した。歩いている最中にあれだけ観覧車を見ていたというのに、今まで全然その記憶と結びついていなかった。

あれはまだこっちに引っ越してくる前で、智と二人で夏休み、おばあちゃんの家に遊びに来たときのことだ。まだ智も私も小学生だったと思う。そのころはラグーナの存在を知らなかったけれど、遊園地というだけで私たちは喜んだ。

こっちに越してからは、周りの友達だれもがラグーナの存在を知っていて、びっくりした覚えがある。友達と行こう行こうと話してはいたけど、こっちに越してきてからは結局一度も遊びに来たことがなかった。それが、こんな形で来ることになるなんて。

小学生のころは、私は本気でけんちゃんと結婚する気でいたから、遊園地に智がついてくることに不服だった。でもすぐ、けんちゃんにアイスを買ってもらって私は満足した。

智がヒーローショーに夢中になっている間に、私はけんちゃんと二人で観覧車に乗った。そのときけんちゃんは、ママには内緒だぞ、と言って、ママの小さいころのことを話してくれた。

負けず嫌いでけんちゃんとケンカをしては自分が勝つまでやめなかったこと。小さいころはおてんばでよくけがをしていたこと。学校の先生のことを好きになって、初めてバレンタインにチョコを作ったら大失敗して大泣きしたこと。第一志望の高校に落ちたとき、部屋から出てこなくなったこと。

私の知らないママがそこにはいた。

私の知っているママは、自信家で弱みを見せない強い人で、離婚するときだって弱音一つ吐《は》かなかった。失敗なんてする人じゃなかった。私の知っているママは……。

突然、泣きそうになり、あわてて観覧車から目をそらした。私の知っているママって、いったいなに？　ただ病室のベッドに座り、なにもしないで毎日を過ごすママの横顔を思い、キリキリと胸が痛くなる。

私が見ていたママがママのすべてだったの？　それとも弱い自分を押し隠して、ママは子供にまで強がって生きていたの？　それって、私があまりに頼りなかったから？

考えてもわからなかった。苦しくなってきて、考えるのをやめる。

チョコを一つ口の中に放り込み、ぎこちなく確かめるように一歩一歩足を踏み出し、歩き始める。

だんだんと、ラグーナの観覧車は遠のいていった。

4

時計を見ると、もう夜の八時を過ぎていた。四十キロのチェックポイントに着いたのが確か六時半だから、休憩時間を引くとだいたい一時間くらい歩いたことになる。

しばらく海沿いの道が続いている。曲がり角には必ず大会関係者が立っているようなので、迷う心配はなさそうだ。前まで列になっていた人は、段々とばらけ始めていた。参加者と思われるゼッケンをつけた人の姿は見えるけど、どんどんその数が減っている。それも、だいたいの人が私を追い抜いて去っていく。だから、コンビニの駐車場で人が大勢たむろしているのを見るたびに、まだタイムアップではないと安心した。

そもそも、スタートのときはあれだけ大勢の人がいたというのに、いったいみんなどこへ消えてしまったのだろう。もっとずっと先に進んでいるのか、うしろにいるのか、それとも続々と……リタイヤしているのだろうか。

リタイヤ。その文字が一度頭をかすめたら、こびりついたしみのようになかなか消えてくれなくなった。途中でリタイヤするには、チェックポイントでオレンジの人に伝えるか、大会本部に電話して現在地まで迎えに来てもらうしかない。大会中、コースをグルグルと大型バスが巡回し、リタイヤ者を拾っていくのだという。

それでなくとも、チェックポイントごとに定められた時間に間に合わなければ、自動的にそのチェックポイントは閉鎖され、バスだけが残る。つまり、やる気とはかかわらず、即リタイヤ。

急に不安になって、大会最初に配られた地図で制限時間を確認すると、次のチェックポイントの閉鎖時間は二十三時とあった。つまり、あと三時間ある。今のところ、時間の心配はなさそう。それでも……。

信号待ちをしながら、太ももをたたき、せめて五十キロだ、と思う。たとえ途中でリタイヤするにしても、せめて五十キロは歩いてからにしよう。半分歩いただけでも、十二時間以上は歩き続けたことになる。これだけひとりで歩けば、智だっていたずらに冷やかしてはこないだろう。おばあちゃんだってよくやったとほめてくれるだろうし、ママだってリハビリをやる気になってくれるかもしれない。

もうそれで十分じゃない。そんな弱気な考えが頭を支配し始める。だって、五十キロだよ。ふだんの生活では絶対に歩かない距離だし、当然智だってそんな距離歩いたことない。しかも私はひとりなんだ。十分すぎるくらいじゃない。

太ももふくらはぎも痛い。足の裏にも水ぶくれができてしまったようだ。道のわずかな高低の差も足に響くので、歩道の右を歩いたり左を歩いたりしているうちに、どっちがいいんだかもわからなくなってきた。頭もうまく働かないし、体じゅうぼろぼろだ。もともとない体力だって、とうに底をついている。もう、限界なんだ。

それでも、せめて五十キロ、そう考えたら少し気が楽になった。五十キロまでは、もうあと五キロもないはず。もう四十キロ以上歩いたんだから、あと五キロくらいなら歩ける。

信号が変わり、私はまた歩きだした。

それからさらに一時間ほど歩き、遠くに五十キロのチェックポイントであるコンビニの看板が見えたとき、一瞬だけ、涙で視界がにじんだ。

五十キロだ。私、ひとりで五十キロも歩いたんだ。歩く前は、五十キロも歩けるなんて思わなかったけど、人間やればできるものなのかも。

言うことを聞いてくれない足をなんとか動かし、コンビニまでたどり着く。

「お疲れ様でした！」

オレンジの服を着たお姉さんが、笑顔で出迎えてくれた。

「とうとう五十キロですね。おめでとうございます！」

途中で気づいて、ゼッケンの番号を見せた。お姉さんは、手に持った書類に番号と時間を書き込んでいる。書き込み終わると、顔を上げて笑顔で言った。

「あと半分、がんばってくださいね！」

「……はい」

あと半分かあ。コンビニの駐車場に座り込む。五十キロも歩けた。でもまだあと五十キロもあるんだ。もう時刻は九時をだいぶ過ぎている。

考えてみれば、スタートしてから歩きっぱなしで十二時間以上経ってるんだ。途中休憩をとってはいるけれど、それにしても半日以上歩くって、いったいどういうこと。

マッサージのテントの周りには、今度こそかなりの列ができていた。椅子に座りきれず、うつむいて立って待つ人もいれば、地面に座り込んでいる人もいる。マッサージを終えても、スタートすることができず、端で座り込んで動かない人もいるようだった。コンビニの周りにも、座り込んでいる人が大勢いる。

ふだんならこんな時間にコンビニでたむろしているのはヤンキーくらいなのに、今日だけは、おじいさんから若い女の人まで、年齢も性別もさまざまだった。その様子を智に写メしようとして、やっぱりやめた。とりあえずメールだけ送る。

開会式のときに、大会の主催者らしいオレンジの服を着た人が、立ち寄るお店に迷惑をかけないようにと、口を酸っぱくして注意していたのを思い出した。コンビニでは車止めに座らないでください、道は端を歩いてください、せまい道では二列で歩いてください、夜道では絶対に懐中電灯を持ってください。

スタートしてすぐは、広がって歩いている人がほとんどだったし、コンビニでも地面に座るのを避けて車止めに座っている人もちらほらいたけれど、五十キロまで来ると、もうそんな人はいなかった。みんな地面に直接座ることにためらう余裕なんてなく、コンビニの外壁にもたれてひたすら体力の回復を図っていた。

戦争なんていっさい体験したことがなかったけれど、なんとなく、戦時中の病院みたいだ、と思う。みんな疲れきって、げっそりした顔をしている。うつむく顔は一様に暗い。私もはたから見たら、そのうちの一人なんだろうな、と思ったら、なんだか笑えた。

持ってきた上着を着ていても、じっとしていると寒くなってきたので、がちがちの足を引きずるようにコンビニに入り、おでんを買った。大根と、たまご。もうみんな売り切れたかと思ったけれど、好きな具がまだ残っていた。

今まで、おでんと言えばいつもコンビニかスーパーのものだったけど、一度だけ、けんちゃんと手作りしたことがある。ママは仕事が忙しいこともあって、あまり料理に凝らない人だった。手の込んだ煮込み料理なんて、これを煮込み料理と言っても差し支えなければの話だけど、ほんとにカレーくらいしか作らなかったし、ほかはすべて出来合いのおかずか炒めものかパンかといった食生活だった。

だから、けんちゃんが突然家に来て、みちるちゃんおでん作ろう！　と高らかに宣言したときはわくわくした。まずおでんを家で手作りできることに驚いたくらいだ。

あれは確か冬休みだった。けんちゃんと二人、スーパーでありとあらゆる食材を買い込んで、ほぼ使われた形跡のない、いちばん大きな鍋を引っ張り出してぐつぐつ煮込んだ。

仕事から帰ってきたママは、台所の惨状《さんじょう》に驚き、まずけんちゃんを怒ったけれど、おでんはおいしいと言ってくれた。智もばくばくとよく食べた。私とけんちゃんはおでんが成功したことに喜び、ハイタッチをしたっけ。

こんなことばっかり思い出して、私まるでマッチ売りの少女だな、と思ったら、また少し笑えた。楽しかった思い出からつらい日の思い出まで、次々と頭に浮かんでは消えていく。

このまま死んじゃうわけじゃあるまいし。ただ歩いてるだけだっていうのに。

「ただ歩いてるだけ……」

自分で思ったことなのに、はっとした。

そっか、私、ただ歩いてるだけなんだ。

別にエベレストを登ってるわけでも、フルマラソンをしてるわけでも、トライアスロンをしてるわけでも、海で溺《おぼ》れそうになっているわけでもなんでもない。ただ歩いてるだけ。だれにだってできることをしているだけ。

私はゆっくりと、時間をかけて立ち上がった。なんどかのろのろと屈伸をしたあと、おでんの空の容器をゴミ箱に捨てる。リュックを拾う。チョコを一気に二つ食べた。

足の裏は刺すように痛い。骨にまでずきずきと痛みが来ている。踏み出そうとしても冷えて固まった太ももはなかなか言うことを聞いてくれない。それでも、一歩ずつ踏み出す。

ただ歩いてるだけなんだ。

そう、これはマラソン大会じゃない。体力も持久力も、心肺機能の善《よ》し悪《あ》しだって関係ない。

だったら、もう少しがんばってみようかな。

せめて、タイムアップになって、自動的にバスに回収されてしまうまでは。

5

最初は気のせいかと思った。ポツリ、ポツリと、遠慮がちに降りだした雨。

「予報じゃもつって言ってたのに……」

そうつぶやかずにはいられない。絶対に降ると断言した宗方さんを思い出す。宗方さんといっしょに歩いていたことが、ついさっきのことのようにも、もう何日も前のことのようにも感じられた。

もうよけいなことを考えずに歩こう、そう決めてひとり歩いていた真夜中。最後の切り札のｉＰｏｄも使って、少しでも気分を盛り上げようとしていたのに、文字どおり水を差された気分だ。

雨なんて無視しよう、そう思って明るい曲ばかりを選んでかけていたけれど、どんどん雨脚も強くなってきた。

そろそろまずいかな、と思ったところで、コンビニの明かりが見えた。コンビニが数多く立ち並ぶ区間だったのが幸いした。いったんコースを離れ、道路を渡ってコンビニの軒先へ入る。リュックから、宗方さんにもらったレインコートを取り出した。コンビニで売っている簡素なものだったけれど、あるとないでは大違いだ。

ふと思いついて、着る前にコンビニをのぞいたら、レインコートはすべて売り切れていた。きっと、前を行く人たちに買われてしまったのだろう。助かった、宗方さんありがとうございます、とつぶやきながら、袖《そで》を通した。

しかし、少しでも前向きになれたのは、最初の数時間だけだった。雨はどんどん強くなり、レインコートにあたる雨音でｉＰｏｄの音量を上げなきゃいけないくらいだったし、夜道と雨の相乗効果で視界も最悪だ。

今日だけはしっかり入れなくちゃと、予定より二十分も早起きして入れてきたコンタクトのせいで、足だけじゃなくて目まで痛くなってきた。

雨のせいで運動靴もぐちゃぐちゃだし、ジャージの裾もぬれて冷たくなっている。このままじゃ風邪まで引きかねない。おばあちゃんに無理やり持たされたホカロンを貼ったおかげで、まだそこまで寒くはなかったけれど。

もうだめだ、限界だ。六十キロで絶対にリタイヤしよう。心に決めて歩を進める。途中で電話してリタイヤするほどの度胸がないのが悲しいけれど、雨まで降っちゃ無理でしょう。どの道、このペースで歩いていたら、いつか絶対にタイムアップでリタイヤとなるに違いない。だったら六十キロでリタイヤしたって同じじゃないか。

私はもうすでに雨でびちょびちょになってしまった地図を懐中電灯で照らした。六十キロの先のチェックポイントは、なぜか六十八キロで、その次は八十二キロとある。今まで十キロごとにあったはずなのに、突然不規則になるのだ。コンビニの都合なんだろうけど、それにしても。

奇跡が起こって、たとえば雨があがって突然日が昇るなりなんなりして、六十キロを過ぎても歩き続けられたら、六十八キロまではなんとかたどり着けるかもしれない。八キロだし。今までの十キロよりも短いし。

しかし、その先には十四キロが待っている。もうあまりに歩きすぎたせいで感覚が麻痺《まひ》してしまっているけれど、十四キロと言ったら、三十キロの半分じゃないの。

「むりむりむりむり。絶対無理に決まってるし」

雨だからだれにも聞こえないだろうと、ひとりでぶつぶつつぶやいた。昼間の三十キロだってつらかったのに、夜中の、しかもひとりぼっちの十四キロなんて絶対無理に決まっている。そもそも八十二キロってなに、そんなに歩けるわけがない。

雨で体温は奪われて、足の筋肉がどんどん冷たくなっていった。ただでさえ固まってしまい、動きにくかったのに、さらにがちがちになっていく。人をまねて、信号のたびに屈伸をしようとするけれど、それすらもおぼつかなくなってきた。ガードレールを頼りに、よろよろとしゃがみ、よろよろとまた立ち上がる。

「ていうかそもそも、私なんでこんなことしてるのよ。意味わかんないし」

ばかみたいだ。こんなぼろぼろになってまで、徹夜で歩き続けるなんて。雨にまで降られ、びしょびしょになって、こんなつらい思いをしてまで、私はいったいなにをしているんだろう。そもそもなんでけんちゃんは来ないの。どうして私はひとりなの。

一度そう思ってしまったら、止まらなくなった。

ママが倒れたときだって、けんちゃんはいなかった。智と二人の生活になってからもそう。

おばあちゃんはなるべく来てくれようとするけれど、家がそこまで近いわけじゃないし、なにより車がなくて、家まで来るには電車とバスを乗り継がなきゃいけないから、そう頻繁《ひんぱん》には呼べない。

智は今までどおり能天気にヘラヘラ笑ってばかりで家事なんて手伝っちゃくれない。平日は友達としっかり遊んでくるし、休日だってママのお見舞いを早々に切りあげてどこかへ行ってしまう。

私はと言えば、転校して、やっと学校の子とも仲良くなりはじめたころだったのに、遊びに行く約束も全部キャンセルして、学校が終わったらすぐに家に帰って家事に追われて、ひとりでバカみたいじゃないの。

けんちゃんは今までどおり相変わらずで、気まぐれに家に来てはひっかきまわして帰るだけ。今日だって勝手に私をこんな意味のわからない大会にエントリーするだけして自分は来なくて、いったい私になにをさせたいわけ。けんちゃんがなにを考えているのかわからない。これ以上私を苦しめてどうするの。

だいたいなによ、ママだって、今までさんざん偉そうなこと言ってきて、それなのに事故にあったくらいであんな弱気になっちゃって。人を振りまわさないでほしい。

リハビリさえすれば歩けるようになるって言われているのに、なんにもしたくないだなんて、甘えるのもいいかげんにして。こっちの気持ちも考えてよ。さっさとリハビリして歩けるようになって、さっさと退院して、私に元の生活を返して。

頬を伝う雨水がやけにあたたかいと思ったら、自分の涙だった。気がつかないうちに、私はぼろぼろと涙をこぼしていた。

ママが体じゅうを包帯でぐるぐる巻きにされて病室のベッドに横たわっている姿を見たときだって、こんなに出なかったというのに、あとからあとから涙がこぼれてくる。嗚咽《おえつ》を漏らし、鼻をすすったら、今度こそ雨水を吸いこんでむせた。それでも涙は止まらない。

暗い夜道、ときおり車の通るせまい道の端を、私は泣きながら歩き続けた。雨の中休む場所なんてなくて、リタイヤするにも前に進み続ける必要があった。

六十キロのチェックポイントにたどり着いたときは、放心状態で、なにも考えられなかった。気がついたら雨はかなり小雨になっていたけれど、そんなことにも気がつかなかった。コンビニの明かりとオレンジの服が見え、ふらふらとそこへ近づくと、だれかになにか話しかけられたけれど、よく覚えていない。

目についた椅子に、吸い寄せられるように座った。ずっと地面にばかり座っていたから、パイプ椅子ですらありがたかった。これで布団があったら絶対に倒れ込むのに。そう思っていたら、目の前に、バスがあった。

しばらくそのバスをぼーっと見ていたら、乗っていく人がいた。それをさらに眺めているうちに、気づく。

そっか、これ、リタイヤ車だ。時計を見たら、六十キロのチェックポイントが閉まる、三十分前だった。タイムアップになった人を乗せるため、待機しているのだろう。吸い寄せられるようにして、一人、また一人と、タイムアップを待たずにリタイヤを決めた人たちがそのバスに乗っていく。

バスの中は、あたたかそうだった。雨にもぬれずにすむし、ふかふかの椅子があり、眠っているうちにゴール地点の温泉まで運んでくれる、夢のような場所。それになにより、あれに乗りさえすれば、もう歩かなくてすむんだ。こんな苦しい思いなんてしなくてすむ。刺すような痛みに耐えながら、足を踏み出さなくたっていいんだ……。

無意識のうちに立ち上がったとき、声をかけられた。

「あんたの番だろ、呼ばれてんぞ」

「……え……？」

急に現実に引き戻され、すぐにはなんのことかわからず、声をかけてきた人を見る。そこには仏頂面の少年がいた。私が座っていた椅子の隣に座ったまま、私を見上げている。

「マッサージ、並んでるんだろ」

「マッサージ？」

少年の示したほうを振り返ると、確かに人が並んで寝ころんでいた。我に返ってあたりを見回し、私が休憩のために座ったパイプ椅子は、実はマッサージコーナーに背を向けるように並べられた、マッサージ待ちの人のための椅子だったことに気づく。

「私は……」

「おねえさん、こっちだよ！」

あのバスに乗るつもりなんだと言おうとしたとき、マッサージコーナーの中から、一人が立ち上がって私を呼んだ。

「早く！　待ってる人大勢いるんだから」

声にせかされ、わけもわからぬまま、寝転がる人たちの足元を移動して、その人のもとまで行く。見ると、私を呼んだのは、かなりいかついおじさんだった。暗いからよくわからないけれど、かなり大柄で、しかも相当筋肉の付いた、やたら声の通るおじさん。

一言で言うと、怖い。近くで見たら、意外と若いのかもしれないと思ったけれど、はっきりした年齢はよくわからなかった。けんちゃんとそう違わないかもしれない。

せかされるままに、靴を脱いでござの上にうつぶせに寝転がる。

「どこがいちばんつらいの」

「足の裏と……太ももとふくらはぎ。足全部痛いです」

「そうか」

言うなり、おじさんは足の裏をものすごい力でぐりぐり押しはじめた。足に激痛が走る。思わず悲鳴を上げた。

「痛い！　水ぶくれができてるんです！　つぶれちゃう」

「知るか！　痛いのなんてあったり前やろ。あんた普通じゃないことしてんだから」

「そんなあ……」

土踏まずをぎゅうぎゅう押され、泣きそうになる。今度は水ぶくれがどうのとかいう話じゃない。つぼを押されたのかなんなのかわからないけど、尋常じゃないくらい痛い。ぎゃあぎゃあさわいでいると、そんなにさわげるなんて元気な証拠だと言われた。

「あんた、靴下の替えは持ってる？」

「……持ってます……」

もはや痛みで泣きそうになりながら、なんとか答える。

これも、おばあちゃんに無理やり持たされたものだった。昨日荷造りしているときに心配して来てくれたおばあちゃんは、なにがあるかわからないからとにかくたくさん持って行きなさいと、タオルやらシャツやら靴下やらを強引にリュックに押し込んだのだ。そういえば、持っていたのに一度も替えていない。

「靴下はどんどん替えたほうがええ。五本指靴下は？」

「ないです。普通のやつだけ」

「じゃあそれを二枚履きしなさい。あんた、いま足の裏、相当痛いやろ」

「痛いです」

「じゃあ悪いこと言わんから替えとき」

「はい」

有無を言わさぬ口調に、思わず頷いた。次にふくらはぎを同じような強さでもまれたけれど、こちらは足の裏よりは痛くなかった。ガンガンもまれているうちに、がっちがちに固まっていた筋肉がほぐれていく。

「あと、靴ひもも緩めたほうがええ。あんたきつくしめたまんまやろ。六十キロも歩いたら足もむくむから、きつく縛ったらかえって歩きにくい」

「はい」

靴下も替えよう、靴ひもも緩めよう。おじさんの勢いとエネルギーに押され、さっきまでバスに乗ろうとしていたことなんて、いつの間にかどこかへ吹っ飛んでしまっていた。

「太ももの筋肉はそう固まってないから、あと百キロはいけるで」

「うそだあ」

「百キロは言いすぎやけど、五十キロはいける」

私が思わず声を上げると、おじさんはニヤッと笑った。仰向けになると、今度は足を折りたたむように曲げ、ゆっくりと押してくれる。太ももの裏が伸びていくのを感じる。右足の次は、左足。

「あんた、ひとりで歩いてんの？」

「はい」

答えるとき、泣きそうになる。不意打ちで孤独を確認してしまったようで。

「わしも去年ひとりで歩いたわ。本当につらいのはこっからよ」

「はい」

もう十分つらい、と思いながら相槌《あいづち》を打つ。これ以上ないくらいつらい。本当はリタイヤしたい。でも次の一言で、そんなこと言えなくなった。

「わしが今あと四十キロ歩けるようにしてやるから、あんた絶対完歩しなさいよ」

なにも言葉が出なくなる。なぜ今会ったばかりの他人の私に、ここまでしてくれるのだろう。今にもあきらめかけている私に。リタイヤしてバスに乗る直前だった私に。どうして。

当の歩いている本人より、この人は私の完歩を信じてくれている。

今度は両足を持って、ぶるぶると揺さぶられた。体の力を抜いて、されるがままになる。足だけでなく、こわばっていた全身が楽になっていく。

おじさんは額の汗をぬぐった。こんな夜中に、雨まで降っているのに、汗をかいている。それほどひっきりなしにマッサージをして、参加者を励まし続けたのだろう。よく聞くと、周りでも同じような声が聞こえた。もう半分こえてるんだし、絶対いけますよ、がんばってください、ゴールで会いましょう……。

仰向けでよかった。さんざん泣いて涙がかれていて、本当によかった。

「これからとにかく、信号で止まるたびに股わりをしなさい」

「股わりってなんですか」

「相撲取《すもうと》りがしてるやろう。足開けるだけ開いて座る！　とにかくストレッチよ、ストレッチ」

「わかりました」

マッサージが終わり、立ち上がる。すると、驚くほど足が軽くなっていた。あんなに苦しかった屈伸が、なんの支えもなく楽にできる。魔法にかかったみたいだ。

すごい。おじさんの四十キロ歩けるようにしてやるって言葉も、嘘じゃないのかも。

「ありがとうございます！」

足の裏の痛みは格段に減っていた。太ももの痛みも。

感動して、心底お礼を言うと、おじさんはまたニッと笑った。

「悪いことは言わんからわしの言うこと聞いとき。ゴールで待ってるから」

「はい」

わずか十分ほどの時間で、体じゅうが軽くなったことに驚いた。おじさんに会釈してその場を離れ、コンビニの軒下で言われたとおり靴下を替え、靴ひもを緩めた。ついでに店内に入り、トイレで中のシャツも替える。まだ小雨が降っていたけれど、これでだいぶ気持ちもすっきりした。また雨でぬれたとしても、替えのシャツも靴下もまだまだあるし、大丈夫。

体がまた寒さで固まってしまう前に、出発することにした。コンビニを去り際、オレンジの服の人に、がんばってくださいと言われ、その人にも会釈をし、歩きだす。

次のチェックポイントは六十八キロ。時間の余裕はそんなにない。地図をちらっと確認し、最初のコンビニを手近な目標にして、歩きだした。

　それから一時間ほど、音楽を聴きながら、かなりのハイペースで歩いた。途中コンビニがなかったため、一度も休憩しなかった。すぐにコンビニがあるだろうから、コンビニに着いたらなにか甘い物でも買って休憩しよう。なに買おうかな、などと考えながら、そのまま歩き続ける。

　かなりの距離を歩いたとき、やっとコンビニの光が見えた。缶でもいいからお汁粉を飲もうとのんきに考えながら近づいていく。まずは外でリュックを下ろし、確認のために地図を取り出した。

　感覚的には、時速四キロペースで小一時間ほど歩いていた。きっと四キロくらい進んでいるだろう。次のチェックポイントは六十八キロだから、もう半分来た計算になる。この調子でいけばタイムアップにはならないな、そう安心しながら地図を見て、驚いた。

「六十二キロ……？」

　思わずその場にしゃがみこんだ。地図のコンビニの位置には、六十二キロという無情な数字が書いてあった。

「なにそれ信じらんない」

思わずつぶやく。雨で地図がぬれているせいで見間違えたのかもしれないとまで考え、必死で確認したけれど、そこにはなんど見ても六十二キロという文字があった。

これだけ歩いたのに。一時間も、休憩なしで、しかもかなり速く歩いたつもりだったのに、進んだのはたったの二キロだっていうの？

もう間に合わないかもしれない、という弱気な考えが、またもや頭をもたげた。このペースで歩いていても二キロだったら、あと六キロ歩くのに三時間もかかってしまう。今の時刻は午前二時半。六十八キロ地点のチェックポイントが閉まるのは、四時半。あと二時間しかない。もう間に合わない……。

「なんでよ……」

せっかくマッサージしてもらって、歩けるようになったというのに。靴下を替え、靴ひもを緩め、赤信号で止まるたびになりふりかまわず股わりをしたのに。それでも二キロしか進んでないっていうの。

また泣きそうになる。うつむいた顔が上げられない。座り込んだままで、もう二度と立ち上がれない気さえする。だってまだ二キロ。

もう、間に合わない。

「あんた、寝てる暇あんの」

そのときまた、声が聞こえた。どこかで聞いた声。

のろのろと顔を上げると、さっきのチェックポイントで隣に座っていた少年が、なぜか目の前に立っていた。さっきは私が立っていて、椅子に座っていた少年を見下ろしていたから気づかなかったけれど、思ったより背が高い。座っていたときはもっと幼いと思っていたけれど、もしかしたら私より年上かもしれない。

「もうそろそろ、時間やばいと思うけど」

なんでこいつ話しかけてくるんだろう、もう放っておいてほしい。心の中だけでつぶやき、ただ見上げる。そいつはそれだけ言うと、目の前から消えた。もう先に向かったのかもしれない。

どうでもいいや、と思った。彼の行方も、百キロも。だってもう、間に合わないじゃない。どっちにしろリタイヤになるなら、もう一歩も歩きたくなんてない。これ以上つらい思いをするのなんて絶対にいやだ。

また座り込んでうつむいていると、隣に人が座る気配がした。ガサガサと動いている。そのうち、ブツブツと独り言が聞こえた。

「はあ？　まだ二キロ？　冗談だろマジで……」

間違いなく、さっきの彼の声だった。見ると、唐揚げ棒をばくばく食べながら、地図を眺めている。

「……もう間に合わないよ」

聞こえるか聞こえないかくらいの声で、言った。

「まだ二キロだよ。もう二時半だよ。いっくら急いだって、もう絶対間に合わないって」

今度は、さっきより少し大きめの声で。彼は時計と地図を見比べながら、唐揚げを食べ続けた。よくそんなもの食べられるなと感心しながら、そんな彼を眺める。彼はさんざん見比べたあと、言った。

「……絶対この地図間違ってる」

「なんでそう思うの」

思わずそう聞き返してしまう。唐揚げ棒はあっという間にただの棒になってしまった。次に彼は袋をあさり、サンドイッチを取り出した。こんな真夜中に、いったいどれだけ食べるんだろう。

「このペースで一時間歩いて、二キロなんてことはない。俺はこの地図より、俺の感覚を信じる」

サンドイッチを口いっぱいに頬張ったせいで、多少、いやかなりもごもごしてはいたけれど、そいつははっきりと、そう言いきった。私はなにも言えなくなる。

私だってそう思ったよ。私だってそう思ったんだってば。

でも私は、自分を信じられなかったんだ。……そして、完歩の夢をあっさりと手放した。

『俺は俺を信じる』なんて、人生で一回も言ったことがない。そんな自信、持ったことなんてない。ママはいつでもそれを信条に生きていたけれど、結局私は今までの人生で一度だって自分を信じられなかった。

でも、いいかげん変わりたい。私だってそう思ってる。

変わるなら、今がその時なんじゃないの。

私は立ち上がった。先を急ぐためだ。そしてそれより先に、腹ごしらえをするためだ。食べなきゃ歩けない。食べなきゃ、考えも暗くなる。宗方さんだって、そう言っていたし。

私が唐揚げ棒を買って外に出ると、もう彼の姿はなかった。きっと出発したのだろう。私はひとりで唐揚げ棒を食べたあと、丁寧にストレッチをし、言われたとおり股わりをしてから出発した。

地図が合っているかどうかなんて問題じゃない。問題は、歩くか、歩かないかだ。

そして私は、歩くと決めた。

6

それから六十八キロのチェックポイントまでは、ほとんど記憶がない。ただ無我夢中で歩いた。コンビニの明かりとオレンジの服が見え、あわてて時間を確認したら、四時だった。チェックポイント閉鎖まで、あと三十分。またもやギリギリのところで滑り込むことができた。

オレンジの服の人に、間に合いましたね、おめでとうございます、と笑顔で言われ、思わずありがとうございますとお礼を言う。ゼッケンの番号を見せたのち、コンビニで買い物を済ませ、裏手に回ると、見覚えのある顔があった。

「あ」

「あんた間に合ったのか」

「まあね」

勝手に隣に腰を下ろす。相変わらず仏頂面の彼は、今度はチキンにかぶりついていた。私も負けじと、袋からおにぎりを出して食べる。こっちは飲み物だって飲んじゃうんだからね、と妙な意地を張りながらパックのコーヒー牛乳を出して飲むと、向こうも買っていたらしく、袋からパックを取り出して勝ち誇った笑みを浮かべた。

負けた。私は三五〇ミリリットルだけど、向こうは五〇〇だ。くそ。

結果的に、二人で並んで大きさ違いのコーヒー牛乳を飲む羽目になった。会話のない、真夜中のコンビニ。けれど不思議と、孤独感はなかった。

「次の区間、十四キロだね」

「歩ききればもう八十二キロクリアだ」

「そうだね」

「そしたらあとはもうすぐだ。日も昇るし、なんの問題もない」

「そうかな」

相変わらずの自信だ。この自信はどこから来るのだろうと考え、すぐに気づいて、少し笑った。自信家の自信の源を探したって、無駄なことはママを見てよくわかってるじゃないか。

そのときまた、病室のママの横顔が頭に浮かんだ。どうしたらまた、前みたいにいつだって自信たっぷりなママに戻ってくれるのだろう。これだけ歩いたのに、結局なにもわからない。ママのことも、私が歩く理由さえ。

百キロ歩ききれば、なにか少しでも、見えてくるのかな。少しは自信、つくかな。

それから少しして、彼は立ち上がった。つられてなんとなく立ち上がる。私もちょうどストレッチを終えたところだった。

「俺行くけど、あんたは」

「行くよ。歩く」

ゴミを捨て、屈伸をしている間に、彼はもう歩きだしていた。わずかに足を引きずっている。左足をかばっているようだ。お先、と声をかけて追い抜くと、少しして抜かれた。足かばってるくせに、と悔しくなり、また追い抜く。抜かされる。三回くらいそれを続けた後、もうめんどうになって、とうとう話しかけた。

「なんでひとりで歩いてんの。十八歳未満はダメなんじゃないの」

「あんたこそ」

「別になんだっていいじゃん」

「だったら俺だって、なんだっていいだろ」

うまく会話が続かない。なんだこいつ、もういいや。そうあきらめ、無視することにして歩いていると、いつの間にか彼は隣を歩いていた。

「親父《おやじ》がさ、好きなんだよ」

「お父さんのこと好きなの？」

「違う！」

なに言いだしたんだ急に、と思って聞き返すと、彼はあわてて否定した。そういう意味じゃなかったらしい。

「親父が、百キロウォーク好きなんだ」

「へえ」

おやじ、という響きが耳慣れなかった。なにより、あどけない顔に似合わない。きっと家ではお父さんとか呼んでるんだろうな。家にもし父親がいたら、智は外でその人のことを親父なんて呼んだりするのかな。

そもそも、お父さんという言葉にすらなじみがなかった。我が家では、かなり前から、父親という制度は廃止されている。母ひとり子ふたりというスタイルが、もうすつかり定着してしまった。

「親父、もう何年も前からひとりで出てて……毎年毎年疲れきった顔して、ぼろぼろになって帰ってくるくせに、懲《こ》りもせずに毎年参加するんだ。それがずっと理解できなくてさ」

気がついたら、雨はやんでいた。そして、遠くの空がだんだんと白みはじめている。

夜が明けるんだ、と小さくつぶやいた。夜が明けるんだ。朝になるんだ。たったそれだけのことなのに、なんだかしみじみとしてしまった。夜中ひとりで雨の中を歩いているときは、絶対に歩いて日の出を見ることなんてないと思っていたのに。

夜はいつか、明ける。そんな単純なことを、こんなふうに肌で感じられるなんて、思ってもみなかった。

彼は私のつぶやきに気づかず、話し続ける。

「だから俺も歩いてみようと思ったんだよ。親父が考えてることを知りたかった」

「今回、お父さんは出てないの？」

「今回はサポートに回ってる」

「サポートって？　オレンジの服の人のこと？」

私は、チェックポイントごとに現れるオレンジの服を思い浮かべて言った。

「違う。オレンジの服はみんな、この大会を企画してる会社の社員らしい。じゃなくて、マッサージしてた人いたでしょ。あんたも受けてたじゃん」

「ああ、あの人たち」

すぐに、私をマッサージしてくれたおじさんが思い浮かぶ。あの人のおかげで、私はまだ歩いている。

「サポートも金払って参加してるんだぜ。ほんとなら金もらってもいいくらいだよな。あんなとこで、ずっとマッサージしっぱなしでさ」

「そうなんだ……」

「やっぱわかんねえよ。毎年歩く気持ちも、あんな必死で他人をサポートする気持ちも」

「あと三十キロでわかるのかな」

「さあね」

また、歩く。今日もやっぱりうす曇りで、朝日がさすってことはなかったけれど、あたりがだんだんと明るくなっていくのは、気持ちがよかった。まるで周りの空気が透明になっていっているみたいで。

「足、大丈夫？」

「水ぶくれがつぶれただけ」

「痛そう」

「いてえよ」

水ぶくれがつぶれるなんて最悪だ。私だったら絶対リタイヤだな。私の足の裏にもできていた水ぶくれは、靴下を二枚重ねしたおかげか、かろうじてつぶれてはいなかった。

「……あんたは」

また少しして、彼が言った。

「で、あんたはなんで歩いてんの」

「……なんでかな」

私はなんで歩いてるんだろう。そもそものきっかけはけんちゃんだった。けんちゃんが私のことを勝手にエントリーしなければ、歩くことなんてなかった。

でもやめようと思ったら、やめる機会なんていつでもあった。歩きはじめてからも、待っているバスに乗りさえすれば、いつだってやめられた。

実際、リタイヤしていく人を何人も見た。夜中、道に座り込んで動かない人も。最初は気づかなかったけれど、そんな人を何人も見ているうちに、リタイヤしてバスに拾われるのを待っているのだと気がついた。みんなうつむいて、こちらを見ようとはしなかった。

それを見て怖くなって、コンビニ以外で休まないことに決めた。暗がりに座る人には、言いようのない悲愴感《ひそうかん》があったから。あそこに座ったら、もう二度と立ち上がれなくなる気がしたから。

「自分でもわかんないや」

なんで私は、歩き続けてるんだろう。リタイヤせずに、八十二キロを目指しているんだろう。あわよくば完歩したいなんて、思いはじめてるんだろう。

リタイヤしようと思ったことはなんどもあった。足が痛くて歩きたくなくなったとき、雨が降ったとき、待機するバスを見たとき、もう間に合わないとあきらめたとき。

そう、そのたびごとにだれかが、なにかが、私を動かした。私の背を、押してくれたんだ。私の手を引っ張って、いっしょに歩いてくれたんだ。いろんな人のおかげで、私は今ここで、まだ歩き続けている。

完歩したい、と不意に思った。今までぼんやりとした夢だったものを、初めて、はっきりと、手の届く場所で、意識した。完歩したい。百キロ、歩ききってみたい。私を助けてくれたいろんな人のためにも、そしてなにより、自分自身のために。歩いた先にある世界に、行ってみたい。

考えてみれば、こんなに自分の力を出しきったことなんて、限界の先に行ったことなんて、今までの人生で一度もなかった。マラソン大会だってなんだって、私にはこれくらいしかできないと、自分で自分に壁を作っていたような気がする。

だって私自身が、私の可能性を信じていなかったから。私はこれくらいの人間なんだから、この程度しかできないに決まってるって、ママとは違う、ママの期待には応えられないって、最初から自分の可能性を否定していた。それじゃあ、全力なんて出せるはずない。ママにあれだけ言われてたのに、私はママの言葉の意味を全然わかっちゃいなかったんだ。

でも今私は、間違いなく限界の先にいる。もう体力なんてとっくに底をついてる。今私を歩かせているのは、気持ちだけだ。歩きたいという自分の気持ち、心からサポートしてくれる周りの人の気持ち。

もし百キロ歩ききったなら、今だけじゃなくて、これからの私の気持ちも変わるかな。やるからにはちゃんとやれる、ママみたいな人になれるかな。変わらなきゃいけないのは、ママじゃなくて私のほうが先だったみたいだね。

ねえ、ママ。私はママが変わっちゃったことがいやで、早く元のママに戻ってほしいって思ったけど、ママはそのずっともっと前から、私に変わってほしいって思ってた？　ねえもし、私が変わったら、ママもまた元のママに戻ってくれる？　ちゃんと、歩きだしてくれるかな？

「……ニュートンが」

「え？　なに？」

そのとき突然、隣を歩く彼がつぶやいた。考えごとに夢中で、なにか聞き逃したのかもしれないけど、今、突然、ニュートンって言った？

「『ニュートンが万有引力を発見したように、俺たちはなんだってできるんだ』」

「ニュートン？　なにそれ」

　こいつも相当頭がやられているのかもしれないな。だっていきなり、ニュートンとか言いだした。

「昔、だれかがそう言ってた。そんときはそうかなんだってできるのか、すげえ、って思ったけど……考えてみりゃあさ、万有引力なんて、きっとみんな気づいてたよな」

　ニュートンはその昔、リンゴが木から落ちるのを見て万有引力を発見した、というのは有名すぎるほど有名な話だ。最近じゃ、そのリンゴがあんまりおいしくなかったことまで有名になりつつあるほど。でも、それがどうしたっていうの。

「だって雨も葉っぱも鳥のフンも、上から下に落ちんだろ。そんな当たり前のこと、だれもわざわざ発表なんてしなかった。それを大発見みたいに言ったのがニュートンだったんだろ」

「確かに、そーゆーうがった考えもできるかもね」

　空はどんどん白くなっていた。信号を渡る。もう何キロ歩いたのかわからないけれど、地図は見ない。

「だからさ、だれにだってでかいことできんのかなって思って」

「うん」

「ニュートンだって暇で暇でリンゴ眺めてただけで世紀の大発見だろ？　だれもが知ってることをわざわざ声を大にして言っただけで。たぶん、だれの前にもチャンスは転がってるんだよ。それをものにできるかできないかは、自分次第なんだ」

「……そうかもね」

だんだん、言わんとしてることがわかってきた。だれの目の前にも、その気になればものにできるチャンスはいくらでも転がってる。

だれだって、歩くことはできる。リタイヤすることだってできる。ただ、歩ききってなにかをつかめるかどうかは、私の気持ち次第なんだ。

「あ、ラグーナ」

「え？」

そのとき、遠くの空に、再びラグーナの観覧車を発見した。

「ああ、このコースだと、途中から引き返して、来た道戻ることになるから。八十二キロのチェックポイントは、またラグーナ前のコンビニだろ、確か」

「そうなの？」

引き返しているなんて、全然気づかなかった。夜中この道を逆向きに歩いているときは、真っ暗だったし、周りを見ている余裕なんてなかった。まさかまたあの観覧車を目指すことになるなんて。

「あ、そういうことか……」

彼には聞こえないくらいの小さな声でつぶやいた。

宗方さんが言っていた『二度めの観覧車』って、そういう意味だったんだ。今まで特に考えもせず、そんなにたくさん観覧車があるんだな、くらいに思ってたけれど、同じ観覧車の前を二度通るってことだったんだ。

こっから先、まだまだ長いんだろうな。観覧車、まだまだ小さいし。

そう考えてちょっとうんざりしたけれど、不思議と気持ちは明るかった。足の裏はやっぱりまたずきずきと痛むけど、ストレッチのおかげか、太ももはだいぶ楽だし、私はまだ水ぶくれつぶれてないし。このままのペースで行けば、宗方さんの言っていた朝日に照らされる観覧車が見られるかもしれないし。

それに今は、ひとりじゃないから。

7

「八十二キロだー！」

「おめでとうございます！　よくがんばりましたね！」

「ありがとうございます！」

朝七時半。ついに八十二キロのチェックポイントにたどり着いた。六十八キロのチェックポイントから三時間半、十四キロの長い道のりを、無事歩ききったんだ。一人だったらこんないいペースで来られなかっただろう。オレンジの服を着たお兄さんがかけてくれる言葉が嬉しくて、お礼を言った。二人でゼッケンをチェックしてもらう。

一息ついてふと顔をあげると、二度目の観覧車が目の前にあった。日がのぼってから少し時間は経っていたが、まだ低い位置にある太陽が観覧車をあたたかく照らし、影が長くのびている。

宗方さんが言っていた、朝日の中の観覧車。宗方さんは今年こそこの姿を見られたのだろうか。

そんなことを考えながらぼーっと観覧車を眺めていると、私の感動など知る由《よし》もない彼は、スタスタとコンビニに向かって歩き始めていた。あわてて私もあとを追いかける。

例のごとく、コンビニの裏手で座り込み、水ぶくれをつぶさないようにそっと靴下を脱ぐ。前に靴下を替えたときは、暗かったしあんまりよく見ていなかったけれど、まじまじと見てみたら右足だけで四つも水ぶくれができていた。記録的な数字だ。最後までもってよね、と思いながら、土踏まずをぎゅうぎゅう押してみる。あのおじさんのようにいかなくても、少しでも痛みが和らぐといいな。

左足も靴下を脱ぎ、水ぶくれをカウントすると、左は三つだった。やった、合わせてラッキーセブンだ、なんてバカなことを考えながら、左足の裏も同じように押す。

靴下を二枚履きしてから、ゆっくりとストレッチをした。隣を見ると、やっぱり彼はばくばくと肉まんを食べている。私も負けじと、ピザまんと焼き鳥を食べる。痩《や》せるとか太るとか、今はもうどうだってよかった。

ほかにも、けっこう大勢の人が休憩している。夜はあんなに人がいなかったのに、いったいどこから湧いてきたのだろう。

そのとき、肉まんを食べ終わった彼が、立ち上がった。もう行くのかなと思って見上げると、こちらに駆け寄ってくる人を見ている。

「陽一《よういち》！」

「父さん」

左足を引きずりながら、彼はお父さんに近づいていく。ちょうどここでサポートをしていたらしい。

父親かあ。

やっぱり親父って呼んでないじゃん、などと思いながら、私はまたピザまんを食べた。お父さんは嬉しそうにしきりに彼に話しかけている。私はそれを座ったまま、ぼんやりと眺めた。彼もまんざらでもなさそうだ。仏頂面をひっこめ、はにかんだような笑顔を見せた。そうやって笑うと、ずいぶん幼く見える。

なんだか、遠い世界の出来事を、テレビを通して見ているみたいだった。いろんな意味で、私にはなじみのない光景すぎて。おぼろげな記憶をいくら探っても、父親とその昔こんなふうに触れ合った思い出なんてなかった。

「ひとりでここまで歩いてきたのか」

「いや……」

そのとき、ちらっと彼が振り返った。座り込んでピザまんを食べる私と目が合う。なに、なに。

「そうか！　この子と！」

今度は、お父さんと目が合う。あまり顔は似ていなかったけれど、雰囲気はそっくりだった。

「ありがとう！　ほんとにありがとう」

お父さんはすぐに私の横にしゃがみこみ、私の眼をまっすぐすぎるくらいまっすぐ見て、言った。ピザまんをあわてて飲み込む。

「君、名前は？」

「みちる……塚本みちるです」

「みちるちゃんか！　本当にありがとう。息子といっしょに歩いてくれて」

なんで。感謝される覚えなんてないのに。手を握られてとまどう。彼はお父さんのうしろで困ったように頭をかいていた。そればかりじゃなく、お父さんの目には涙が光っていた。

どうして。私は、感謝なんてされることしてない。むしろ……。

「私が感謝しなきゃいけないくらいです」

そうだ。本当なら、私が感謝しなきゃいけない。

ぼろぼろに疲れきった六十キロのチェックポイントで、完歩をあきらめたコンビニで、わざわざ声をかけてくれたのは、彼のほうだ。人を初対面からあんた呼ばわりして、ずっと仏頂面で、ぶっきらぼうで、そのくせ少しおしゃべりで、優しくてお父さんのことが大好きな、彼に。

「そうか」

お父さんは、少しだけ震えた声で、それだけ言ってただただ嬉しそうに笑った。私もその顔を見て、ちょっと泣きそうになる。子供を想う父親の愛情を感じることなんて、私には一生ないと思ってた。

「俺、もう行くわ」

「なんだ、もう行くのか。みちるちゃんは」

「知らねえよ」

彼はいたたまれなくなったのか、私たちに背を向けた。やっぱり左足をかばいながら、歩きだしてしまう。お父さんの、マッサージを受けていけという言葉にも振り向かない。

「水ぶくれがつぶれただけだって言ってましたよ」

「そうですか……」

かばっている左足を心配しているようだったので、そう言った。お父さんは、まるで自分の足の水ぶくれがつぶれたかのように、顔をゆがめた。

するとそのとき、かなり歩いていた彼が振り返って、遠くから言った。

「俺は先にゴールで待つ！」

水ぶくれつぶれてるくせに、よく言うよ。わかったわかったという意思表示のため片手を上げると、なおも彼は言った。

「ちなみに俺は九時スタートだ！　あんたより一時間は早い！」

なにを言うかと思ったら。それだけ言うと、彼は背を向けて、足を引きずりながらまた歩きだした。

「十分元気みたいですね、彼」

「そうですね。まったくあいつ、勝ち負けじゃないって言ったのに」

お父さんが困ったように笑った。私も思わず笑ってしまう。道理で私が地図を見ながら、二時までにゴールしなきゃと言ったとき、なんにも言わなかったわけだ。スタートは八時、八時半、九時の三組に分かれたので、それぞれ三十時間までのリミットが異なる。

あいつ、さては自分が九時スタートなことをわざと言わなかったな。まあ、最終地点以外の、チェックポイントの閉鎖時間はみんないっしょだから、彼だって時間に追われていることは間違いないけど。

「私もそろそろ行きます」

ゆっくりと立ち上がり、一度屈伸をしてから、お父さんにそう言った。そう時間に余裕があるわけじゃないし、ゆっくり歩くためには休憩時間をなるべく少なくしていくしかない。

「みちるちゃん、陽一のこと、本当にありがとう」

「私、ほんとになにもしてません」

「いや、張りあう相手がいなきゃ、陽一は夜を越えられなかったと思うよ。それくらい、百キロは過酷だ。普通じゃない」

「じゃあお父さんはなんで、何度も歩くんですか」

気がついたら、そう聞いていた。お父さんは少し悩んだあと、もう消えた彼のうしろ姿を探すように、遠くを見ながら言った。

「そこに感動があるから。感謝を感じられるから」

「感動、感謝……」

「みちるちゃんも、完歩したらきっとわかるよ」

感動ってなんだろう。歩ききったことに対する感動かな。感謝を感じるって、まるで要項どおりだ。わからない。それ以上は、お父さんも教えてはくれなかった。

私はまた、ひとりで歩きだした。ここから先は約五キロおきにチェックポイントや休憩所が設けられている。目指すは完歩。不思議ともう、不安はなかった。私がすべきことは、明確すぎるほど明確だった。完歩を目指して、ただ歩くこと。

お父さんが最後に教えてくれた話を思い出す。

六十八キロから八十二キロまでの間で、リタイヤ者が相次いだこと。十四キロという距離に自信をなくし自らバスに乗る人もいれば、制限時間内にたどり着けず、涙をのんだ人もいたらしい。

「ただね」

お父さんは朝日を浴びる観覧車を背に、にっこりと笑った。

「ここを越えたら、もう自らリタイヤする人はほとんどいないよ。ここまで来たらもう全部歩こうって考える人がほとんどだからね。それに、こんなきれいな観覧車見たら、なんだか歩けちゃうような気がするでしょ？」

8

それからの十キロは、いろんなことが頭をよぎった。ママのこと、智のこと、けんちゃんのこと、おばあちゃんのこと。そして父親のことも。

ママが離婚したのは私が小学校のころのことだから、覚えていてもよさそうなのに、顔すらほとんど記憶にない。たぶん、離婚する前もあまり家にいなかったのだろう。ママはなんで離婚したのかな。今度聞いてみようかな。

父親のいない生活に慣れすぎて、そんなこと今まで疑問にも思わなかった。これが終わったら、ママに聞いてみるのもいいかもしれない。そしたら、いろいろ思い出して、その怒りのあまり、元のやたら気が強いママに戻るかもしれないし。

そのとき、ずっとポケットで静かにしていたスマホが震えた。見ると、智からの着信だった。昨日の夜十二時くらいのメールを最後に返信が途絶えていた。

あいつのことだから、しっかりぐっすり寝たのだろう。時計を見ると、九時だった。よしよし、昨日より優秀じゃないの。意外とこいつ、私がいないほうが規則正しい生活できるんじゃないの？

『姉ちゃん今どこー？　リタイヤしてゴールの温泉？』

にやにやした生意気な顔が思い浮かぶ。絶対こいつ、私がリタイヤしてると思ってる。そりゃそうだ。私が智でも、夜通し歩き続けてるなんて思わない。絶対にリタイヤすると思うはず。

「今ね……今、八十五キロ」

『八十五お？　なにそれ、姉ちゃんまだ歩いてんの』

「歩いてるよ！　悪いけど、昼過ぎにはゴールする予定だから」

智の驚いたキンキン声すら、今は心地よい。どうだ、驚いたか。姉ちゃんだって、やればできるんだってこと、わかったか。いつまでもマラソン大会のビリを冷やかされてばかりじゃないんだぞ。

なおも智は電話の向こうで騒いでいたけれど、あまりに騒いでいたのでなにを言っているかよくわからなかった。しまいには、姉ちゃんすげえ、姉ちゃんすげえと連呼するだけになったので、適当に話して、電話を切る。考えてみれば、もう二十四時間以上もろくに休まずに歩いてきたんだ。そう考えると、うん、なんか私、すごいかも。

それから二時間、休憩したりストレッチをしたりしながら、歩き続けた。九十二キロのチェックポイントに到着したころには、十一時になっていた。

休んでいる人の中に、彼の姿を探したけれど、どうやらもう通過してしまったあとのようだった。代わりに、マッサージを待つ人の中に、違う人のうしろ姿を見つけた。近づいて確認し、あまりに嬉しくて声をかける。

「宗方さん！」

「ああ、みちるちゃん」

疲れきった顔をしてはいたけれど、そこにいたのは間違いなく宗方さんだった。三十キロのチェックポイントで別れてから、六十キロぶりの再会だ。また会えるなんて思っていなかったから、嬉しくて泣きそうになる。

なぜこんなに安心するのだろう。昨日のこの時間にはまだ他人だった、数時間いっしょに歩いた人と再び出会えただけだというのに。

「みちるちゃんも、ここまで来たんですね」

「来ました！　宗方さんがレインコートをくれたから、雨でも歩き続けられました」

「そうですか」

宗方さんは嬉しそうに笑った。でも、最初のような元気はない。

「やっぱりみちるちゃんは若いですね。私はもう、足も腰も痛くて、そう速くは歩けません……間に合うでしょうか」

「間に合いますよ」

やけに気弱な宗方さんに、私は無駄に自信満々で断言した。どっからこの自信が出てくるのかなんて、知らないけど。

「あと八キロで、二時まではあと三時間ですよね。一時間三キロペースで歩けばおつりが来ます。今年は完歩しましょう！」

自分の口からこんな言葉が出るなんて、昨日の今ごろの私じゃ想像もつかなかった。でも今の私は、いろんな人に支えられ、応援され、助けられてここまでたどり着いた、昨日までと違う私だ。

「朝日を浴びた観覧車、すごくきれいでした。あれを見たらなんでもできる気がしました。宗方さんも見れたんですよね？　せっかくなら、このまま一緒にゴールまで行きましょうよ！　だってあとちょっとですよ。あきらめたらだめです。いっしょに歩きましょう」

私をサポートしてくれた全員にこの恩は返せない。だから、その代わりにだれかを、三十キロまでの私を導いてくれた宗方さんを、今度は私がゴールまで導きたい。いっしょにゴールがしたい。

「みちるちゃん、ありがとう」

「だから、お礼を言わなきゃいけないのは、私のほうですってば」

真夜中、確かにチョコは私のエネルギー源となった。雨の中、レインコートがなければ絶対にあきらめていた。お礼を言うのは私のほうなのに、またもや先に言われてしまう。私のほうこそ、助けられてばっかりなのに。

宗方さんのマッサージが終わるのを待ってから、また並んで歩きだした。ここから先の四キロは、坂道。最初の三十キロの最後にあったのと同じ坂道だ。歩道がせまいので、一列になる。最初の三十キロのときは、私はただ宗方さんのリュックだけを頼りに歩いていた。今度は、私が前を歩く。

宗方さんといっしょに完歩するんだ、それだけを胸に。

9

疲れたらわきにそれて休憩をとりながら、一時間半後、ゆっくりと四キロ歩ききった。九十六キロ地点の、最後のチェックポイントに着いたのは、十二時半。あと一時間半で、完歩できるかが決まる。

あいにく、マッサージはかなりの列を作っていた。最後の四キロに備えようとするのはみんな同じらしい。

「私は大丈夫です。先を急ぎましょう」

時間を気にする私を見て、宗方さんはそう言ってくれたけれど、痛みを我慢しているのは見ればわかった。

「……宗方さん、地面でよければ、寝てくれませんか？」

私はもう一度時計を見て、それから言った。マッサージに並ぶ時間はない。でも、このままの状態で宗方さんが最後の四キロを歩けるかわからない。下り坂で、かなり足に負担がたまっているようだった。

「私がマッサージします」

宗方さんは、私の提案に驚き、そして首を振った。

「私は大丈夫です。みちるちゃんだって疲れているでしょう？　……もう、私を置いていってください。そうすればみちるちゃんだけでも完歩ができる」

「いやです、そんなの」

だって私は決めてしまった。宗方さんといっしょに完歩すると。三十キロ地点でも百キロ地点でも、宗方さんといっしょに写真に写りたい。

私は強引に、宗方さんを地面に寝かせた。必死に六十キロ地点であの人にしてもらったマッサージを思い出す。あのおじさんのようにうまくはできないけれど、少しでもそれで宗方さんが楽になってくれればいい。

宗方さんは伏せながら、なんどもありがとうとつぶやいた。

「私もこうやって、サポートの人にマッサージしてもらったんです。だからここまで来られた。その恩返しがしたいんです。あのサポートの人には返せないけど、せめて宗方さんには。だって宗方さんがいなかったら、私あの人のマッサージを受ける前にリタイヤしてたから」

ゆっくりと、宗方さんの足を押していく。私のつたないマッサージが、宗方さんにどれほど効くかわからないけれど、なんとか百キロ歩ききってほしかった。

マッサージしたのは、ほんの数分だったと思う。それでも、マッサージを終えた宗方さんは、起き上がって、ニコッと笑って言ってくれた。

「ありがとう。みちるちゃんのおかげでだいぶ楽になりました。弱気なこと言ってすみません。いっしょにゴールしましょう」

「……はい！」

十二時四十分、私たちは立ち上がり、歩きだした。

残りは四キロ。残り時間は、あと一時間二十分。

最後の四キロは、海沿いの道だった。防波堤《ぼうはてい》沿いにずっと歩いていく。ここは行きに通った道とは違うみたいだ。

見慣れない道にきょろきょろしながら歩いていると、少し前に、またも見知った背中が見えた。今度は、左足だけじゃなく、右足までかばっているようだ。さてはあいつ、右足の水ぶくれもつぶれたな？

「おーい」

「またあんたかよ」

振り返った彼は、やっぱり仏頂面のまま言った。

「お友達ですか」

「途中いっしょに歩いたんです」

宗方さんに説明する。宗方さんは、それを楽しそうに聞いていた。自然と、三人で並んで歩くことになる。

「ここ、ビクトリーロードって言うんだと」

彼はだれに言うともなくつぶやいた。すぐ横は海ということもあって、風が強い。

「親父が言ってた」

「そんな呼び名があるんですか。知りませんでした」

宗方さんが相槌を打つ。

ビクトリーロード。百キロの最後、そこまでたどり着いた人だけが歩ける海岸線。

だれかと勝負したわけじゃない。だれに勝ったわけでもない。体は疲労でくたくただし、足だって痛い。それなのに、心は心地よい達成感に包まれていた。

そのとき、ふと思い出した。そういえば、理由を聞いてない。

「宗方さん、『恵みの雨』って呼ぶ理由、教えてください」

「その言葉、俺も聞いたことある」

「ああ、そういえばお話ししてませんでしたね」

ゆっくりと歩を進めながら、宗方さんは話してくれた。

「人は困難が多ければ多いほど、より多くのことに気づくことができる。百キロの最中に、雨が降ったことで、さらに気づくことも増えるでしょう。それに感謝して、『恵みの雨』と、そう呼ぶんだそうです」

「そうなんですか……」

多くのことに気づかせてくれる、雨。確かに、そうかもしれない。雨だけじゃなく、百キロというとんでもない距離を歩かなければ、気づかなかったこと、考えていなかっただろうことはいっぱいあった。

正直、三十キロの時点で宗方さんに名前の由来を聞いたとしても、そのころの私はきっと理解できなかったと思う。雨なんて、ただ迷惑なだけ。困難を増やしてどうするの？

でも今は、『恵みの雨』の言葉の意味が、すとんと胸に落ちてきた。

長い道のりの途中、あきらめそうになったことなんてなんどもあったし、自分の境遇をただ呪って泣いたことだってあった。今はすべてがなつかしい。心の中のもやもやしたものは消え、ただ感謝だけが胸にあった。

どれほどそうして歩いただろうか。不意にだれかが声を上げた。つられて顔を上げる。するとそこには、たくさんの人と、そして、百キロのゴールがあった。時計を見る。二時十分前だった。

間に合った。私は、私たちは、完歩できたんだ。

ほっとした。百キロの間じゅう、ずっと時間の不安と戦っていた。チェックポイントに着くのはいつも制限時間ギリギリだったし、歩いていても不安で仕方がなかった。でも、間に合ったんだ。

「あんた、なに泣いてんだよ。気持ちわりぃな」

「……うるさいってば」

ゴールを見たとたん、安心したのか、止めようといくら努力しても、あとからあとから涙があふれてきた。最初は、とうてい無理だと思っていたゴール。途中からやっと百キロという距離がおぼろげに見えてきて、最後には絶対たどり着きたい目標へと変わった、百キロ。それがついに、目の前にある。

私ひとりでは絶対になしえなかった、完歩。

苦しいとき、必ずだれかが支えてくれた。手を差し伸べてくれた。心が折れてしまいそうなとき、みんなが背中を押してくれた。だからこそ、私は今ゴールに向かって歩くことができる。百キロという長い道のりを、完歩することができるんだ。

「おめでとうございます！」

オレンジの服の人たちが、口々に言ってくれた。あたたかな拍手に包まれる。

いつだったか、学校のマラソン大会でビリでゴールしたとき、先生だけでなく、とっくの昔にゴールしていたクラスメイトまでもが口々に励ましてくれたけど、そのときはただ恥ずかしいだけだった。

ゴール後に苦しい呼吸を整えながら、本当はもう少し速く走れたかも、なんて思ってさらに死にたいくらいいやな気分になった。

あのときは、走るのが遅い私をみんな見下してるんだな、だからがんばってなんて言うんだと卑屈なことを考えもしたけれど、今ならわかる。ならもっと本気で手を抜かずに走ればよかった、ただそれだけの話だったんだ。

そう、今ならばわかる。苦しいくらい、よくわかる。

おめでとうございます。その言葉が、これほどまでに嬉しいということ。

つらいとき、がんばってくださいという言葉がどれだけありがたいかということ。

そして、ありがとうという感謝の気持ちが、これほどまでに深くてあたたかいということ。

涙なんて、真夜中にかれたと思っていた。ひとりの夜道で、苦しくて、いらついて、流した涙。それとはまったく違う、あたたかなものが頬《ほお》をつたっていく。

ゴールの瞬間を撮ってくれたけれど、私は万歳をしながら泣きじゃくったままだった。宗方さんも、初めての完歩に目をうるませている。彼も、ゴールで待っていたお父さんと抱き合っていた。お父さんはついに涙を流している。

「みちる」

拍手とおめでとうの向こうから、不意に、名前を呼ばれた。ここに私の知り合いはいないはず、そう思いながら振り返る。するとそこには、いないはずの人がいた。

「……ママ？」

「みちる」

車椅子に乗ったまま、確かに、私を見て、ママは私の名前を呼んだ。

「おめでとう」

「ママ」

ママが車椅子から、手を伸ばした。私はおそるおそるその手を握る。すると、ママはギュッと私の手を握り返してくれた。

「……よくがんばったわね」

少しの間止まっていた私の涙が、今度こそ止まらなくなった。ママの前にしゃがみこみ、顔をぐしゃぐしゃにして泣きじゃくる私の頭を、優しくなでてくれる。

ああそうだ。私はずっと、ママにそう言われたかったんだ。

がんばりなさい。全力を尽くしなさい。そうなんどもなんども言われ続けたけれど、ママが私のしたことをほめてくれることはほとんどなかった。

ママの思うような結果を残せない私に、ママはいつも憐《あわ》れむような、あきらめたようなため息をつくだけ。

そう、私はずっとそんなママにほめてほしくて、あきらめてほしくなくて。それでも結果を出せない、全力でなにかに打ち込めない自分に気づいていて、そんな自分を自分でもあきらめきっていたんだ。今までは。

「偉かったわ、みちる」

「ママ……」

だからこそ、ママが事故のあと、あきらめたのがなによりショックだった。いつも自信満々なママが、ママ自身をあきらめて努力しなくなったことが悲しかった。

「……ママも歩いてよ……」

涙でぼやけて、ママの顔なんてわからなかったけど、とにかく私はそう言った。ママの手を強く強く握りしめる。

今のママにどれほどなにかが伝わってるかなんてわからなかったけど、言った。

ただ、ママにもう一度歩いてほしかった。自分の力で。どんなにリハビリがつらくても、あきらめたりなんかせずに。

「ママが一生懸命がんばってるとこ、私また見たいよ」

見上げたママは、涙でぼやけた視界の向こうで、泣いていた。

「歩いてよ、お願いだから」

また歩いて。また私のはるか先で全力で生きながら、私を叱《しか》ってほしい。そうやって私と智を、地球の引力よりもはるかに強い力で引っ張って。そしたらいつか、今度は私がママを引っ張れるくらい成長するから、だから。

私の手を、ママはただ強く握り返してくれた。

「ママ……」

ママはまだ、死んじゃいない。

その手の強さを感じながら、そう思った。ママはどんな逆境もはねのける。苦しくたって全力でもがいて、がんばり続ける。だって、それが私のママだから。

「私はあなたを誇りに思う」

ママが不意にはっきりと、そう言った。はっとして顔を上げると、ママの眼に、数ヵ月ぶりの光が見えた。ママがいる。久しぶりに、ママが帰ってきた。

「やめてよ、アメリカ映画じゃあるまいし」

私はひたすら泣いて泣いて泣きじゃくってから、やっとのことでそう言った。

ママはそれを聞いて、いつもどおりの自信たっぷりな笑顔で、笑った。私もいつか、こんな顔で笑えるようになるかな。『私は私を信じる』って、言える日が来るかな。

いや、来る。絶対に来る。来るかな、なんて待ってるだけじゃ、いつまでも来ない。来るように変わるのは、自分の努力次第。今ならそれが痛いほどわかる。

「ねえ私も、ママの娘だってこと誇りに思うよ」

涙をふいて、私も笑った。どんな顔になったかは自分ではわからないけれど、ママは、そんな私の顔を見て、ゆっくりとうなずいた。

10

「なんだろこれ」

私は郵便受けに入っていた自分あての封筒に目をとめた。私あてに郵便が来るのなんてめずらしい。茶色い、Ａ４判の封筒。

「ああ……」

もしかして、と思い、玄関先ですぐに開けてみる。中から出てきたのは、完歩証と二枚の写真。完歩証には、私の名前と完歩という堂々とした文字、そして、二十九時間五十四分という数字。

「なつかしいなあ」

写真に写っていたのは、三十キロ地点の疲れきった顔をした私と宗方さん、そして泣きじゃくりながらゴールをくぐる私と宗方さんと彼。

まったく、けんちゃんにはまんまとはめられた。私が泣きやんだころ、どこからともなくけんちゃんが現れたのだ。それに智も、おばあちゃんまで。わけがわかっていない私を、みんなしてほめちぎった。私はまたもや感動に包まれ、泣いた。

あれ、なんだかおかしくない？　と気づいたのは温泉につかりお昼を食べ、けんちゃんの車で家に帰る途中、眠りにおちる直前。

けんちゃん、用事があるんじゃなかったの？　なんでここにいるの？

しかし私はその疑問を口に出すより早く、頭を殴られたような強引さで暗闇の中に引きずり込まれた。家に着き、起こされたのち、ベッドに直行してまた眠り続けること十五時間。

途中寝返りを打った拍子にベッドから落ち、目が覚めたものの、体じゅうが痛んで動けず、もう一生ベッドの上に戻れないんじゃないかと泣きそうになった。なんとかベッドの上にはい上がり、翌朝ベッドの上で、いつもの目覚ましの音で起きられたことにしばし感動。それからおばあちゃんのようにゆっくりと体をいたわりながら起き上がり、死ぬ思いで階段を下りて居間に向かい、けんちゃんの顔を見た瞬間、私の疑問は再燃した。

問いただす私に、けんちゃんは説明してくれた。本当は用事なんてなくて、私を歩かせるために嘘をついたこと。けんちゃんはママを連れていくため、自分は歩かないことにして、直前にエントリーをキャンセルしたこと。

「いや俺はエントリーした時は歩く気満々だったぜ？　でもママが事故にあって、こりゃそれどこじゃねえって思って、今回のことを思いついたんだ。まあでも、歩いてよかっただろ？　ママだっていつも言ってる。ついて幸せになれる嘘もあるって」

それを聞いて、けんちゃんらしいと思って、私はもうなにも言わなかった。いや、ママは絶対そんなこと言わないってことだけは訂正を入れたかもしれないけど、そんなこともうよく覚えてない。

あれからママは、リハビリを開始した。私が歩ききったことが、ママにどのくらい影響したかはわからない。直前から始めたホルモン投与が成功しただけかもしれない。ママがまた歩きはじめてくれるなら、なんでもよかった。

そのとき、メールが届いた。

『あんたんちにも写真来た？』

「……年上なんだからうやまえっつーの」

相変わらずなメールに、つぶやきながらも思わず笑ってしまう。

最後ともに歩いた彼、陽一とは、完歩後メールアドレスの交換をした。その後のメールのやり取りで発覚したのだが、なんと彼は私の一個下だった。お父さんがサポートで参加していたため、特別に一人での参加が認められたのだという。

彼が年下だと知ってから、私は陽一に敬語を使えだのあんた呼ばわりするなだのいろいろと言ったのに、あいつは全然聞いちゃいなかった。今でも相変わらずあんた呼ばわりだ。

しかもあろうことか、来年私と同じ高校に入るつもりらしい。やめてくれとさんざん言ったのに、頑固な彼は意志を曲げるつもりはさらさらないようだった。あいつは、入学したあとも学校で会ったら私をあんた呼ばわりするつもりなんだろうか。

ま、別にいいけど。

「みちる？　帰ってるの？」

そのとき、居間から声がした。元気な、ママの声。

そうだ、ママ、家にいるんだ。ずっと学校から帰っても家にだれもいないか、いても二階に智がいるくらいだったから、ただいまの習慣がなくなっていた。

ママのリハビリはその後順調に進み、杖があれば歩けるまでに回復していた。数週間前に退院し、今はリハビリのために病院に通いながら、家で生活している。仕事にはそのうち復帰するらしい。またバリバリ働くわよ、とママは意気込んでいる。すっかり元のママに戻ってしまい、うるさいくらいだ。しかもずっと家にいるから、元気があり余っていて、もはや前よりやかましい。私も智も、ときどきこっそりうんざりして愚痴りあっている。

そういえば智は、来年は自分も百キロ歩くのだと、最近ランニングをしているようだ。姉ちゃんより三時間早くゴールしてやると息巻いている。私は、来年はサポートとして大会に参加しようと思っている。夜中、心が折れそうなとき、智のマッサージをしてやりたい。生意気だけど、むかつく口をきくけど、それでもかわいい弟だから。

けんちゃんもそれに乗っかって、来年こそは歩くと息巻いたとき、ママはあんたには無理よと言いきった。

みちるちゃんにできて俺にできないことはないとけんちゃんが妙に自信を持って言いきると、ママはばっさりとそれを切り捨てた。あんたみたいなちゃらんぽらんと、私の娘をいっしょにしないで。私はそれをこっそり聞いて喜び、言われたけんちゃんは絶対に完歩してみせると宣言したけど、さて、どうなることやら。

私はと言えば、あれ以来、どこか変わったかと聞かれると、よくわからないけれど、とりあえず体育はまじめに受けている。体育シューズは一晩じゅう歩いたせいで一気にぼろぼろになったけれど、そのぼろぼろの靴をはくたびに、なんだってやればできるような気がして、手なんて抜いていられないような気がして、持久走だってバスケだってバレーだって、全力でがんばっている。

「みちる、帰ってきたら顔見せてただいまくらい言いなさい！」

そのとき、居間からまたママの声がした。ワントーン上がっている。こりゃあ怒られるのも時間の問題かもしれない。

「はーい」

慌てて返事をして、玄関先に放り投げていた鞄をつかむ。ママに写真を見せるため、居間へと続く扉を開けた。

あとがき

この話は、私が実際に三河の百キロウォークに参加し、その時にものすごい衝撃を受けたので、思わず書き下ろした作品です。

ただ、百キロ歩くだけ。言ってしまえば、本当にそれだけです。しかし、ただ歩いたことは、私に絶大な影響を及ぼしました。ターニングポイントというものが、こんなにはっきりと、目に見える形で存在するのかとショックを覚えたほどに、百キロを歩いた体験は、私にとって大きなものでした。

百キロは、途方もない距離です。体力なんて三十キロで尽きます。どんな人でも、七十キロを超えれば、どこかしらなにかしら、身体《からだ》にガタがきます。ガタがきたあとの残りの距離は、根性で歩くしかありません。まさに、自分との戦いとなります。そこで学ぶこと、考えること、極限状態で起こる思考の転換は、本当の意味では歩いた人しかわからないことなのかもしれません。

しかし私は、百キロを歩いていない人にも、この気持ちを少しでも感じてほしい。そう思って、今回この本を書きました。一歩前に踏み出す、その背中をそっと押せる一冊になればいいなと願っています。

この話を書き下ろしてから五年、あれからさらに何度か百キロを歩き、サポートも行いました。今年も北海道の百キロウォークに参加しようと思っています。私も宗方さんや陽一のお父さんと同じく、百キロの魅力にはまった一人かもしれません。

なお、作中では中学生、高校生が一人で参加しておりますが、三河の百キロウォークでの大会規定では、十八歳未満の一人での歩行は禁止されています。ご了承くださいませ。

最後に、この本を書くにあたり協力してくださったすべての方と、この本を手にとってくださったすべての方に感謝いたします。ありがとうございました。

本書は二〇一〇年八月、小社より『100㎞！』として刊行
された単行本を、文庫化にあたり、改題したものです。

|著者|片川優子　1987年東京都生まれ。中学3年生のときに書いた『佐藤さん』で、2003年に第44回講談社児童文学新人賞佳作を受賞し、翌年作家デビュー。著書に『ジョナさん』『チロル、プリーズ』「動物学科空手道部高田トモ！」シリーズがある。最新刊は『ただいまラボ』。

明日《あした》の朝《あさ》、観覧車《かんらんしゃ》で
片川優子《かたかわゆうこ》

2015年5月15日第1刷発行

講談社文庫
定価はカバーに
表示してあります

発行者――鈴木　哲
発行所――株式会社　講談社
東京都文京区音羽2-12-21　〒112-8001
電話　出版部（03）5395-3510
　　　販売部（03）5395-5817
　　　業務部（03）5395-3615
Printed in Japan

デザイン―菊地信義
本文データ制作―講談社デジタル製作部
印刷―――大日本印刷株式会社
製本―――株式会社若林製本工場

ISBN978-4-06-277646-2

講談社文庫刊行の辞

二十一世紀の到来を目睫に望みながら、われわれはいま、人類史上かつて例を見ない巨大な転換期をむかえようとしている。

世界も、日本も、激動の予兆に対する期待とおののきを内に蔵して、未知の時代に歩み入ろうとしている。このときにあたり、創業の人野間清治の「ナショナル・エデュケイター」への志を現代に甦らせようと意図して、われわれはここに古今の文芸作品はいうまでもなく、ひろく人文・社会・自然の諸科学から東西の名著を網羅する、新しい綜合文庫の発刊を決意した。

激動の転換期はまた断絶の時代である。われわれは戦後二十五年間の出版文化のありかたへの深い反省をこめて、この断絶の時代にあえて人間的な持続を求めようとする。いたずらに浮薄な商業主義のあだ花を追い求めることなく、長期にわたって良書に生命をあたえようとつとめるところにしか、今後の出版文化の真の繁栄はあり得ないと信じるからである。

同時にわれわれはこの綜合文庫の刊行を通じて、人文・社会・自然の諸科学が、結局人間の学にほかならないことを立証しようと願っている。かつて知識とは、「汝自身を知る」ことにつきていた。現代社会の瑣末な情報の氾濫のなかから、力強い知識の源泉を掘り起し、技術文明のただなかに、生きた人間の姿を復活させること。それこそわれわれの切なる希求である。

われわれは権威に盲従せず、俗流に媚びることなく、渾然一体となって日本の「草の根」をかたちづくる若く新しい世代の人々に、心をこめてこの新しい綜合文庫をおくり届けたい。それは知識の泉であるとともに感受性のふるさとであり、もっとも有機的に組織され、社会に開かれた万人のための大学をめざしている。大方の支援と協力を衷心より切望してやまない。

一九七一年七月

野間省一

講談社文芸文庫

正宗白鳥　坪内祐三・選

白鳥随筆

究極のニヒリストにして、八十三歳で没するまで文学、芸術、世相に旺盛な好奇心を持ち続けた正宗白鳥。その闊達な随筆群から、単行本未収録の秀作を厳選。

解説＝坪内祐三　年譜＝中島河太郎

まC5

978-4-06-290269-4

大岡信

私の万葉集　五

ついに『私の万葉集』完結。巻十七から二十までのこの最終巻は、主に大伴家持の「歌日記」であり、天平という時代を生きた人々の人間的側面が、刺激的である。

解説＝高橋順子

おO6

978-4-06-290272-4

蓮實重彥

凡庸な芸術家の肖像　上

マクシム・デュ・カン論

現在では「フロベールの才能を欠いた友人」としてのみ知られる一九世紀フランスの文学者を追い、変貌をとげる時代と文化の深層を描く傑作。芸術選奨文部大臣賞。

はM3

978-4-06-290271-7

講談社文庫　目録

神崎京介　女薫の旅　大人篇
神崎京介　滴《しずく》
神崎京介　イ ン ト ロ
神崎京介　イントロ　もっとやさしく
神崎京介　愛　　技
神崎京介　無垢の狂気を喚び起こせ
神崎京介　h　エッチ
神崎京介　h＋　エッチプラス
神崎京介　h＋α《エッチプラスアルファ》
神崎京介　I　LOVE
神崎京介　利口な嫉妬
神崎京介　天国と楽園
神崎京介　新・花と蛇
加納朋子　ガラスの麒麟
加納朋子　コッペリア
加納朋子　ぐるぐる猿と歌う鳥
かなざわいっせい　ファイト！〈麗しの名馬、愛しの馬券〉
鴨志田穣 西原理恵子　アジアパー伝
鴨志田穣 西原理恵子　どこまでもアジアパー伝

鴨志田穣 西原理恵子　煮え煮えアジアパー伝
鴨志田穣 西原理恵子　もっと煮え煮えアジアパー伝
鴨志田穣 西原理恵子　最後のアジアパー伝
鴨志田穣 西原理恵子　カモちゃんの今日も煮え煮え
鴨志田穣　酔いがさめたら、うちに帰ろう。
鴨志田穣　遺　稿　集
鴨志田穣　日本はじっこ自滅旅
角岡伸彦　被差別部落の青春
角田光代　まどろむ夜のUFO
角田光代　夜かかる虹
角田光代　恋するように旅をして
角田光代　エコノミカル・パレス
角田光代　ちいさな幸福〈All Small Things〉
角田光代　あしたはアルプスを歩こう
角田光代　庭の桜、隣の犬
角田光代　人生ベストテン
角田光代　ロック母
角田光代　彼女のこんだて帖
角田光代　ひそやかな花園

角田光代他　私らしくあの場所へ
川井龍介　122対0の青春〈深浦高校野球部物語〉
金村義明　在　日　魂
姜尚中 『アリエス』編集部編　姜尚中にきいてみた！〈東北アジア・ナショナリズム問答〉
岳　真也　密《みそか》事《ごと》
岳　真也　溺《おぼ》れ花《ばな》
岳　真也　色　散　華
片山恭一　空のレンズ
風野　潮　ビート・キッズ Beat Kids
風野　潮　ビート・キッズII〈Beat Kids II〉
川端裕人　せちやん〈星を聴く人〉
川端裕人　星と半月の海
鹿島　茂　平成ジャングル探検
鹿島　茂　悪女の人生相談
鹿島　茂　妖人白山伯
片川優子　佐藤さん
片川優子　ジョナさん
神山裕右　カタコンベ
神山裕右　サスツルギの亡霊

講談社文庫　目録

かわぐちかいじ 藤井哲夫 原作 僕はビートルズ 5
かわぐちかいじ 藤井哲夫 原作 僕はビートルズ 6
風野真知雄 隠密 味見方同心㈠〈くじらの姿焼き騒動〉
風野真知雄 隠密 味見方同心㈡〈干し卵不思議味〉
岸本英夫 死を見つめる心〈ガンとたたかった十年間〉
北方謙三 君に訣別の時を
北方謙三 われらが時の輝き
北方謙三 夜の終り
北方謙三 帰路
北方謙三 錆びた浮標《ブイ》
北方謙三 汚名の広場
北方謙三 夜の眼
北方謙三 逆光の女
北方謙三 行きどまり
北方謙三 真夏の葬列
北方謙三 試みの地平線〈伝説復活編〉
北方謙三 煤煙
北方謙三 そして彼が死んだ
北方謙三 旅のいろ

北方謙三 新装版 活路 (上)(下)
北方謙三 夜が傷つけた
北方謙三 新装版 余燼 (上)(下)
北方謙三 抱影
菊地秀行 魔界医師メフィスト〈黄泉姫《よみひめ》〉
菊地秀行 魔界医師メフィスト〈影斬士《えいざんし》〉
菊地秀行 魔界医師メフィスト〈怪屋敷〉
菊地秀行 吸血鬼ドラキュラ
北原亞以子 深川澪通り木戸番小屋
北原亞以子 深川澪通り燈ともし頃
北原亞以子 新地橋〈深川澪通り木戸番小屋〉
北原亞以子 夜の明けるまで〈深川澪通り木戸番小屋〉
北原亞以子 澪つくし〈深川澪通り木戸番小屋〉
北原亞以子 降りしきる
北原亞以子 風よ聞け〈雲の巻〉
北原亞以子 贋作《うそばっかり》天保六花撰《えどのはなし》
北原亞以子 花冷え
北原亞以子 歳三からの伝言
北原亞以子 お茶をのみながら

北原亞以子 その夜の雪
北原亞以子 江戸風狂伝
岸本葉子 三十過ぎたら楽しくなった!
岸本葉子 女の底力、捨てたもんじゃない
桐野夏生 顔に降りかかる雨
桐野夏生 天使に見捨てられた夜
桐野夏生 OUT《アウト》(上)(下)
桐野夏生 ローズガーデン
桐野夏生 ダーク (上)(下)
京極夏彦 文庫版 姑獲鳥《うぶめ》の夏
京極夏彦 文庫版 魍魎《もうりょう》の匣《はこ》
京極夏彦 文庫版 狂骨《きょうこつ》の夢《ゆめ》
京極夏彦 文庫版 鉄鼠《てっそ》の檻《おり》
京極夏彦 文庫版 絡新婦《じょろうぐも》の理《ことわり》
京極夏彦 文庫版 塗仏《ぬりぼとけ》の宴《うたげ》―宴の支度
京極夏彦 文庫版 塗仏の宴―宴の始末
京極夏彦 文庫版 百鬼夜行―陰
京極夏彦 文庫版 百器徒然袋―雨
京極夏彦 文庫版 百器徒然袋―風

講談社文庫　目録

講談社文庫　目録

樹林 伸　東京ゲンジ物語
貴志祐介　新世界より(上)(中)(下)
北川貴士　マグロはおもしろい〈美味のひみつ、生き様のなぞ〉
木下半太　暴走家族は回り続ける
木下半太　爆《は》ぜるゲームメイカー
木下半太　サバイバー
北原みのり　毒婦。〈木嶋佳苗100日裁判傍聴記〉
北 夏輝　恋都の狐さん
岸本佐知子 編訳　変《ヘン》愛《アイ》小説集
黒岩重吾　天風の彩王(上)(下)〈藤原不比等〉
黒岩重吾　中大兄皇子伝(上)(下)
黒岩重吾　新装版 古代史への旅
栗本 薫　水曜日のジゴロ〈伊集院大介の探究〉
栗本 薫　真夜中のユニコーン〈伊集院大介の休日〉
栗本 薫　身も心も〈伊集院大介のアドリブ〉
栗本 薫　聖者の行進〈伊集院大介のクリスマス〉
栗本 薫　陽気な幽霊〈伊集院大介の観光案内〉
栗本 薫　女郎蜘蛛〈伊集院大介と幻の友禅〉
栗本 薫　第六の大罪〈伊集院大介の飽食〉
栗本 薫　逃げ出した死体〈伊集院大介と少年探偵〉
栗本 薫　六月の桜〈伊集院大介のレクイエム〉
栗本 薫　樹霊の塔〈伊集院大介の聖域〉
栗本 薫　木蓮荘綺譚〈伊集院大介の不思議な旅〉
栗本 薫　新装版 紘《いと》の聖域
栗本 薫　新装版 ぼくらの時代
黒井千次　カーテンコール
黒井千次　日の砦
倉橋由美子　よもつひらさか往還
倉橋由美子　老人のための残酷童話
倉橋由美子　偏愛文学館
黒柳徹子　窓ぎわのトットちゃん
久保博司　日本の検察
久保博司　新宿歌舞伎町交番
久保博司　歌舞伎町と死闘した男〈続・新宿歌舞伎町交番〉
工藤美代子　今朝の骨肉、夕べのみそ汁
黒川博行　燻り
黒川博行　てとろどときしん〈大阪府警・捜査一課事件報告書〉
黒川博行　国境
久世光彦　夢あたたかき〈向田邦子との二十年〉
黒田福美　ソウルマイハート
黒田福美　となりの韓国人〈傾向と対策〉
倉知 淳　星降り山荘の殺人
倉知 淳　猫丸先輩の推測
倉知 淳　猫丸先輩の空論
熊谷達也　迎え火の山
熊谷達也　箕《み》作《つく》り弥《や》平《へい》商伝記
鯨 統一郎　北京原人の日
鯨 統一郎　タイムスリップ森鷗外
鯨 統一郎　タイムスリップ明治維新
鯨 統一郎　富士山大噴火
鯨 統一郎　タイムスリップ釈迦如来
鯨 統一郎　タイムスリップ水戸黄門
鯨 統一郎　MORNING GIRL
鯨 統一郎　タイムスリップ戦国時代
鯨 統一郎　タイムスリップ忠臣蔵
鯨 統一郎　タイムスリップ紫式部
倉阪鬼一郎　青い館の崩壊〈ブルー・ローズ殺人事件〉

2015年3月15日現在